倒れた婦人を救ったご褒美は、娘の美人双子とのお付き合いでした。

遊河あくあ

JN178620

ファンタジア文庫

3492

口絵・本文イラスト　さなだケイスイ

倒れた婦人を救ったご褒美は、
娘の美人双子との
お付き合いでした。
遊河あくあ イラスト／さなだケイスイ

プロローグ　私たちのヒーロー

「人が倒れたぞ！」

どこからか、男の声が響いた。

歩いていた足を止めて、俺、桐島蒼《きりしまあお》は後ろを振り返る。

「お兄ちゃん、あっち！」

声の上がった場所を見つけたらしい妹の桐島朱夏《しゅか》が俺を呼ぶ。彼女は先に走り出し、俺もそれに続く。

少し進むと、人だかりを見つけた。

あそこで何かが起こっているのは一目瞭然だった。ドクン、ドクン、と鼓動が速くなる心臓と、それに伴い込み上げてくる嫌な予感を必死に抑えながら、俺と朱夏は現場に走る。

まったく、なんて日だ。

朱夏が俺を連れ出すようなことがなければ、今日は何事もなく終わる一日だったろうに。

＊

朱夏が部屋に入ってくるなり俺を呼んだ。

「ねえ、お兄ちゃん」

可愛《かわい》らしいソプラノボイスを精一杯低くしたような声で、朱夏が部屋に入ってくるなり

「なんだよ。部屋に入るときはノックしろっていつも言ってるだろ」

「そんなことはどうだっていいの！　そんなことよりも大事な話があるのです！」

仰々しい態度に俺は頭上にハテナを浮かべた。両手を腰に当て、分かりやすくふんぞり返ってはいるものの、そもそもの可愛さのせいで全く怖くないのが残念だ。

肩上で切り揃《そろ》えられた黒髪の肩上ボブ。童顔で身長が低いので、幼く見られがちだがこれでも中学二年生である。なんで制服を着ているのかは謎だ。今日は土曜日で学校はないはずなのに。

見慣れた水色を基調としたセーラー服。綺麗《きれい》な御御足《おみあし》は白いハイソックスに包まれていた。

「なんだよ」

天使が下界に遊びに来たのかと思えるような可愛さを持つ朱夏に対して、その兄である俺こと桐島蒼は自分で言うのもなんだけど地味な陰キャオーラ全開のインドア系男子である。今日だって、先日買ったラノベを一日引きこもって読もうとしていたところだ。

「昨日ね、学校で友達にお兄ちゃんの話をされたの」

その話し始めで、どうしてそんなに深刻そうな表情をしているのか、俺は不思議でならなかった。悪いことは一切していない自信があるのに、良いことを言われる気が全くしないのも不思議でならない。

「なんて言われたと思う？」

尋ねられたので一応考えてみる。

「朱夏ちゃんのお兄ちゃんってめっちゃ地味だよねー、みたいな？」

「そんなんじゃない！　もっと深刻で由々《ゆゆ》しいこと！」

「いや分からん」

俺が降参の意思を告げると、朱夏はすうっと息を吸った。

「『この前、朱夏ちゃんのお兄ちゃん見たけど服めっちゃダサいね。もう高校生なのにね（笑）』だって！」

妙に芝居がかった口調で朱夏が言う。

「まじか。一体いつ見られたんだろ。タイミング悪いな」

「その普段は大丈夫だけどたまたまそのときだけダサかったみたいな言い方やめて！　お兄ちゃんは三百六十五日年中無休でダサいから！」

「そこまで言う⁉」

たしかに服装には無頓着な部類だと思う。ぶっちゃけクローゼットから適当に出したシャツとズボンで一日を過ごすし。それでも最低限考えてはいるんだけどな。おかしいな。

「今日の服もなにそれ」

「え、これ？」

俺は裾を引っ張り自分の服を改めて確認する。

髑髏《どくろ》のマークが中央にデカデカとプリントされた紫色のシャツで袖は黒色になっている。一枚で重ね着をしているように見える仕様で、別におかしいところはないと思うんだけど。むしろこの髑髏がカッコいいまである。

「どこか悪い？」

「どこもかしこも悪い！　特に髑髏がひどい！」

「ええ！　一番のポイントなのに⁉」

即答されて驚く。

「お兄ちゃんの服といえばダサいプリントが入った服か、意味も考えられてないようなローマ字の書かれた服のどっちかしかない。お兄ちゃんの服は全部総じて漏れなく鬼ダサなの！」

「失礼な」

そういえばここ一年くらい服は買っていなかったな。けど、お小遣いは基本的に本を買うのに使っているから買い足そうにも今月は金がない。諦めるしかないから諦めてほしい。

「そんな鬼ダサファッションでよくお友達に会えるね。バカにされるよ？　もしかしてもうされてる？」

「いや、そんなことない」

「んん、どういうこと？　お兄ちゃんのお友達が優しいのかな。それとも陰口のオンパレード？　あるいはお兄ちゃんと同じセンスを持っている残念系の人？」

険しい表情になった朱夏が容赦なく切りかかってくる。

「そもそも高校の友達と会うことがない」

「え、もう二学期だよ？　二学期も終盤だよ⁉　嘘《うそ》でしょ？　いや、でもよくよく考えてみると、夏休みもずっと引きこもってたな……」

「そんなことない。本屋には行ってた」

「引きこもるための準備じゃん！　冬眠前に餌をかき集めるクマと同じじゃん！　あたしのお兄ちゃんがぼっちすぎるー」

うわーん、と泣き真似《まね》をしながら朱夏は好き勝手に言ってくる。

別に友達いないわけじゃないからな。高校で新しくできた友達がいないだけで、中学の頃からの友達はいる。一人だけど。

「それで？」

話が脱線しそうだったので、俺は用件を言うように促す。せっかくの休日、妹の愚痴に付き合っている時間はないのである。積んである小説がまだまだあるからな。決して、これ以上言葉の暴力を振るわれたら俺のライフポイントがゼロになるからではない。断じてない。

「服買いに行くよ」

「荷物持ちしろってこと？」

「ちがう。お兄ちゃんの服を買いに行くの！」

「え、なんで」

「鬼ダサだから！　友達からお兄ちゃんの悪口言われたくないからっ！」

ええー、そんなめんどうな。

休日の貴重な時間が失われるじゃん。

「俺、今月お金ないぞ。ラノベ買いすぎたから」

「安心して。そんなことだろうと思って、お母さんに頼んでお小遣い前借りさせてもらったから。だいじょうぶ」

「え、プレゼントしてくれる感じ？」

「そんなわけないでしょ。お兄ちゃんのだよ」

「俺のを⁉」

当たり前じゃん、と朱夏は鼻をふんと鳴らす。

こいつは頑固者だからな。気を許していればいるだけ、自分の考えを曲げやしない。そして、俺を相手に朱夏が自分の言葉を曲げたことは過去に一度もない。そんな忍道は貫かないでほしい。

つまり、こうなった朱夏の考えを変えさせるのは非常に困難なので、もう大人しく従ったほうが一周回って時間が無駄にならないのだ。

「仕方ない。じゃあさっさと行こう」

そんなわけで諦めた俺は覚悟を決めて立ち上がる。

「そんな服であたしの隣を歩かないで」

「俺に裸で出歩けと？　服買う前に捕まるんだけど」

「制服でいいや」

「……休日なのに」

「それに合わせて、あたしも制服着てるんだから恥ずかしくないでしょ？」

「……だから制服着てるのか」

もうなんでもいいや、さっさと着替えて買いに行こう。シャツを着て、ズボンを穿《は》き、ブレザーに袖を通し出発の準備を終える。

「あ、あと髪整えるから。コンタクトにするのもお忘れなく」

俺はもはや朱夏の言うことに文句言わず付き合う人形と化して、家を出発する。

近くのショッピングモールまで歩いていると、少し離れたところから焦《あせ》りを帯びた男性の声が聞こえた。

「人が倒れたぞ！」

と。

『人間ってのはな、どうしても損得勘定で物事を考えちまう。それは仕方のないことなんだけど、でもな、もし目の前に困っている人がいたら、そのときは損得なんて考えずに手を差し伸べてあげられる人間になるんだぞ』

父さんは見知らぬ子どもを庇《かば》って、交通事故で命を落とした。

父がいつも口にしていたのは、そんな言葉だった。

目の前の誰もを助ける父さんは、子どもの俺からしたらヒーローそのものだった。だから、父さんの言葉を守って、俺はできる限り困っている人を助けるようにしてきたつもりだ。

問題の大小はあれど、自分にできるだけのことはしてきた。

けど、しょせんは俺もまだまだ子どもで。してきたことなんて、たかが知れていた。

つまり何が言いたいかというと、俺はこれまで、自分にできることの範囲を超えるような事態には遭遇したことがなかったのだ。

それでも、そんな中で分かったことが一つある。

それは。

どんな事態であっても、迷っている暇なんてなかったということだ。

「なにがあったんだ？」

「……わかんない」

少し離れたところから男性の声がして、俺と朱夏《しゅか》は駆け足でそちらに向かった。

そこには既に人だかりができていて、ざわざわとしていた。何が起こっているんだろうと思い、人だかりの向こう側を見ようと、人と人の間から奥を覗《のぞ》き見る。

すると、人が倒れているのが見えた。

「お母さん！　しっかりしてよ、ねえお母さんッ！」

女の子の声がした。その声はひどく震えている。

「ねえ結月《ゆづき》……お母さん、どうなっちゃうの？　死んだりしないよね⁉」

「分からないわよ。だ、誰か……」

動揺、恐怖、混乱、その声には様々な感情が入り混じっているように思えた。

倒れている人に寄り添うようにしゃがむ人影は二つ。二人は不安に満ちた表情で周りを見渡しては、倒れている母に視線を落とす。

なにかに縋《すが》るように。助けを求めるように。

「おいどうする？」「どうするって言われても分かんねえって」「お前なんとかしてやれよ」「無理だって。んなこと言うお前がやれ」「あんた、救急車呼んであげなよ」「なんでオレが。お前が呼べば？」「あの子ら可愛《かわい》くね？」「んなこと言ってる場合かよ。分かるけど」「やっば。こんなの初めて見るわ」「ちょ、お前楽しむなし」

周りにいる人たちは思い思いに言葉を吐くが、誰一人として動き出す人はいなかった。

「お、お兄ちゃん」

朱夏の声が震えていた。

人が倒れている。助けないと。

頭では分かっている。けど、手は震えていて、足が竦《すく》み、唇は乾き、体が重い。

これまでに遭遇したことがない状況を前に、体が思いどおりに動いてくれない。

「お母さんっ！　ねえ、お母さん！」

「……だれか、お母さんを、たすけて……」

ブラウンのミドルボブの少女は母を呼びながら、俯《うつむ》き涙をこぼす。

黒髪ロングの少女は弱々しく、絞り出したような震える声で助けを求めている。

「……朱夏」

怖がっている場合じゃない。

目の前で困っている人がいるんだ。そして、俺には手を差し伸べる術《すべ》がある。

今ここで動かなかったら、俺は父さんに顔向けできない。

「行こう」

「お兄ちゃん……」

周りにいる人はぐるりと囲んでいたわけではなく、半円を描くように集まっていた。だから、俺と朱夏は回り込んで倒れている女性のところへ向かった。

「朱夏は救急車を頼む！」

「う、うん」

俺が言うと、朱夏はこくりと自信なさげに頷《うなず》き、そしてたどたどしい手つきでスマホを操作する。それを確認した俺は倒れている女性のところへ向かった。

人が倒れている。こんなとき、どうすればいいのか。

知らないわけではない。

テレビで観《み》たことはあるし、父から何度も話を聞かされた。

でも、それを実行したことはない。正しいという確証もない。できるかも分からない。自分の行動で事態が悪化する可能性だってある。不安を上げればキリがない。

自分を信じるんだ。

俺は自分を鼓舞して駆け寄っていく。

「……ねえ、お母さんっ！」

「……だれか、たすけ、……っ」

女性のそばで不安を口にする二人のところへ到着した俺は、空いているスペースに入り込む。

「ちょっとごめん」

俺の声に二人が顔を上げる。けど、もうそっちを気にしている余裕はなかった。

女性の顔を覗き込む。やっぱり意識はないようだ。

すう、と息を吸う。そして、ゆっくりと吐き出して、気持ちを落ち着かせた。

『いいか、蒼《あお》。もし人が倒れているところに遭遇したら、まずはその人の意識があるかを、ちゃんと確認するんだ。肩を叩《たた》いて、強めに呼びかけろ』

父の言葉を思い出す。

「大丈夫ですか！」

肩を叩く。

一度目は左側を、二度目は右側を、三度目は両肩同時に。呼びかけと同時に叩き、その強さは徐々に強めていく。場合によっては体の感覚が一部麻痺《まひ》している可能性があるから、叩く位置は変えたほうがいい。そんなことも言っていたはずだ。

何度か呼びかけてみたけど、やっぱり意識は戻ってくれない。ここで目を開けてくれればと思っていたけど、さっきまで女の子たちがあれだけ騒いでいたのに目を開かなかったことから、その線が薄いことは予想していた。

えっと、次は……。確か救急車の手配と……。

「すみません。誰か、ＡＥＤを持ってきてくれませんか？」

ＡＥＤ、つまり自動体外式除細動器。

自動的に心電図の測定・解析を行い、必要であれば電気ショックを与えて正常な動きに戻してくれる機器のことだ。こういうときの応急処置で使われるから、いろんな施設に設置されているらしい。

「誰か！」

俺の呼びかけは聞こえているはずだ。

けれど、どういうわけか周りにいる人たちは誰も動いてくれなかった。責任を押し付け合うように視線を逸《そ》らす。突然言われて動けないのも無理はないけど、でも事態は一刻を争うんだ。

周囲の人はざわつくだけで動かない。俺が取りに行くべきか？

ダメだ、それ以外にもやることはある。俺はこの場を離れるべきじゃない。

娘さんに取りに行ってもらうか？　いや、とてもじゃないけどそんな精神状態じゃないだろう。どうする。どうすればいい。ダメだ考えがまとまらない。このままじゃ……。

「お兄ちゃん！」

そのときだ。

もう大丈夫だよと背中に触れるような力強い声で、朱夏が俺を呼んだ。救急車の手配を頼んでいたので、それが終わったのだろう。なら朱夏に頼めばいい。ナイスタイミングだ。

そう思ったが。

「これ、借りてきた！」

朱夏の手にはオレンジ色の機械があった。ＡＥＤだ。俺の一度目の呼びかけで動いたにしても早い到着であることから、恐らく救急車を呼びながら、必要になるだろうと予想して取りに行ってくれていたんだ。

さすが、父さんの娘だな。

「朱夏、それの準備頼む。できそうか？」

「う、うん。やってみる」

朱夏の表情は不安そうだった。無理もない。突然こんな状況に陥って、心の準備もままならない中で初めてのことをしているんだ。俺だって内心では心臓バクバクだ。

だからこそ、平静を装《よそお》わないと。

俺が不安をあらわにしたら、それが朱夏にも女の子たちにも伝播《でんぱ》してしまう。

「……よし」

呼吸の確認をする。

胸の動きを見ることでそれが分かる、と言っていたっけ。胸のあたりが上下していないと呼吸をしていないことになるんだったか。

……動いてないな。

つくづく、最悪の事態に向かっている気がする。

こうなった以上、あとは胸骨圧迫をするしかない。いわゆる心臓マッサージというやつだ。ドラマなんかで見ることのある、胸元をグングンと押す動きのあれ。

俺は右手の上に左手を置いて、そのまま女性の胸元に持っていく。両胸の間に手を添えて、そのまま体重を乗せて胸骨圧迫を開始する。

「お兄ちゃん、準備できた」

俺が胸骨圧迫をしている間に朱夏がＡＥＤの準備を済ませてくれた。まあ機器本体に電極パッドのケーブルを挿して電源を入れるだけなんだけど。

『手順は機械が自動音声で誘導してくれる。その通りにすれば問題はないから、落ち着いて聞くんだぞ。電極パッドは胸を挟んだ位置に貼り付ける、ということを念頭に置いておけ。大人なら腰辺りと肩付近だ』

電極パッドにはどこに貼ればいいかも絵で描いてあった。

金属製の類《たぐい》があると良くないらしい、という話は覚えている。ネックレスとかはつけてないみたいだけど。

下着ってどうなんだっけ。

服は脱がす必要はないみたいだけど、ブラジャーのホックって金属じゃないのかあれ。

俺は胸骨圧迫をしながら考える。けど、この一瞬の思考や躊躇《ためら》いの時間が惜しい。

「朱夏、この人の下着……」

「うん、分かった」

すぐに言いたいことを理解してくれたようだ。俺はブレザーを脱いで女性に被《かぶ》せる。

「お兄ちゃん、おっけー」

準備を済ませた朱夏がそう言った。被せたブレザーで見えはしないけど、体に伸びたケーブルから、電極パッドは既に女性に装着されていることが分かった。

ＡＥＤが心電図を読み取っている。

この間は女性には触れないでAEDの次の指示を待つ。ここで電気ショックが必要だと判断されれば電気ショック、必要ないと判断されれば胸骨圧迫を続ける。あとはそれの繰り返しだ。

「あ、あの」

僅かな隙間。

ブラウン髪の女の子が、震える声でおそるおそる声をかけてきた。

「お母さん、だいじょうぶですよね？」

涙を浮かべながら、縋《すが》るように訊《き》いてくる。この言葉に俺はどう返せばいいのか分からなかった。大丈夫だと勇気づけるべきか。でも、助かるかどうか分からないのに、無責任なことを言うのはどうなんだろう。

『電気ショックは不要です。胸骨圧迫を続けてください』

答えに迷っていると、AEDの自動音声がそう告げた。

俺は小さく深呼吸をして、できるだけ相手を安心させられる声色を意識して口を開く。

「……大丈夫。きっと助かるよ」

連絡をしてから救急車が到着するまでの時間はおよそ九分から十分と言われている。

近いところにいたのか、間もなくして救急車は到着し、俺たちの役目は終わった。

＊

その後、買い物に行く気にもなれなくて、俺と朱夏《しゅか》は来た道を戻り自宅へと帰っていた。

「だいじょうぶかな、あの人」

「どうだろうな。けど、できるだけのことはしたよ」

自分のしたことが正しいのかどうかは分からない。もし助かれば、正しさが証明されるけれど、そうでなければ……。俺の行動のせいではなかったとしても、もしかしたらという考えがどうしても脳裏をよぎってしまう。

「よく頑張ったな、朱夏」

隣を歩く朱夏の頭にぽんと手を乗せる。

「それはお兄ちゃんもでしょ」

くすぐったそうに笑みを浮かべながら、朱夏はそんなことを言った。

「なんか、甘いものでも買って帰るか」

できるだけ考えないようにしよう、と思いはするけれどそれはそれで難しいものだ。

せめて朱夏に不安が伝わらないよう、俺は努めて明るく振る舞うことにした。

「それはお兄ちゃんの奢《おご》り？」

俺はにいっと笑って見せる。

「仕方ない、今日は特別だ。臨時収入のおかげで懐《ふところ》も暖かいことだしな」

＊

ポン、と『手術中』と書かれた標示のライトが消える。少しして、中から医師が出てきた。

ブラウン髪の少女、琴吹陽花里《ことぶきひかり》はイスから立ち上がり医師に駆け寄る。

陽花里の隣に座っていた黒髪ロングの少女、琴吹結月《ゆづき》は立ち上がることこそできなかったが、不安げな顔を医師の方へと向けた。

「お母さんは？　だいじょうぶなんですか？」

医師の表情は極めて険しいものだった。

二人の中にもしかしたら、という考えがよぎる。胸がきゅっと強く握られたような感覚に襲われた。考えはあっても、だからといってそれを受け入れられるほど二人は大人ではない。

お願いします、お願いします、と心の中で何度も祈りながら、医師の言葉を待つ。

次の瞬間だった。

緊張が解けたように医師の眉から力が抜けた。マスクを外して、にこりと陽花里に微笑《ほほえ》みかける。

「ええ。もう大丈夫です」

その言葉を聞いた瞬間、陽花里はへなへなとその場にしゃがみこんでしまう。足の力が抜けてしまったようだ。結月も小さく安堵《あんど》の息を吐く。その表情から不安が消えた。

「手術は成功しました。入院は必要になりますが、このまま安静にしていれば回復するでしょう。ただ、状態は本当にギリギリでしたね。運もあったかもしれませんが、なにより応急処置が適切でした。それがなければ、非常に危険だったと思います」

医師は感心したような声を漏らす。

「そう、なんですか？」

呆気《あっけ》に取られたような声で陽花里は返す。

イスに座ったままの結月はぽかんとした表情をしていた。

「はい。応急処置をした方に感謝しなければなりません。ちなみにですが、その方の連絡先などは？」

「いや、わたしは……」

陽花里は一応結月の方を見るけれど、当然だが彼女もふるふると首を横に振った。

母の心配ばかりで、そんなところに気が回っていなかった。

「そうですか。それは残念です」

医師はそう言って、一度この場を去っていった。

すぐに母と顔を合わせることはできなかったので、とりあえず結月と陽花里は、仕事の都合で到着が遅れている父親が来るまで待っていることにした。待合室のような場所に行くが、他に人はいなかった。

自販機で飲み物を買う。結月はレモンティー。陽花里はオレンジジュース。

「……」

「……」

二人は缶に口をつけ、ぐびっと喉に流し込んで、ぼうっと天井を見つめていた。

母が助かったことに安堵し、体中の力が抜けている。少しの間、そんな時間が続いたのち、口を開いたのは陽花里だった。

「お母さん、助かって良かったね」

ぽつり、と陽花里が呟《つぶや》くと結月はそれにこくりと頷《うなず》き、顔を陽花里の方へ向けた。

「そうね……」

言葉はなかったけれど、二人の脳裏には颯爽《さっそう》と現れた少年の姿が思い浮かんでいた。

「泣いてるの？」

結月が言うと、陽花里は自分の頬に手を当てた。そこで初めて、自分が涙を流していることに気づいたらしく、陽花里は「え、あれ」と慌てていた。

しかし。

「あはは、結月も」

「へ？」

陽花里に指摘され、結月も自分の頬を確認する。そこには陽花里と同じように頬を伝う涙があった。どうして涙が流れてくるんだろう、と思う二人だけれど、きっと母が助かったことに対する安堵によるものだろうと勝手に納得した。

「……あの人、すっごくカッコよかったね」

涙を拭いながら、陽花里が小さく呟いた。

「ええ、ほんとうに……」

結月もそれに頷く。

「困ってるわたしたちのところにやってきて、お母さんを助けてくれて。まるで……」

「……ヒーローみたいだったわ」

 陽花里の言葉に、結月が重ねるように言った。そして、二人は顔を見合わせて、くすくすとおかしそうに笑う。

「わたしね、あの人のことを思い出すと、なんか、すごく胸がどきどきするんだ」

興奮を抑えられない子どものように、笑みを浮かべて陽花里が言う。

「そうね、私もよ。こんな気持ち、初めてだわ」

結月も自分の胸に手を当て、優しく微笑む。

「連絡先、聞いておけばよかったね」

「ええ」

感謝の気持ちを伝えたいし、何か形としてできる限りのお礼もしたい。

けれど。

それだけではなくて。

「混乱してたから、はっきり覚えてるわけじゃないんだけど、あの人が着てた服って」

陽花里が自信なげに言うと、結月もそれに頷き神妙な顔をする。

「そうね。大幕《おおまく》の制服を着ていたような気がする」

大幕高校。それは結月と陽花里が通う高校の名前だ。

「てことは、うちの学校にいるってことだよね？」

陽花里の言葉に、結月は強く頷いた。

「きっとね。だから、捜し出してちゃんとお礼を言いましょう。そして――」

「うん――」

――この気持ちを、彼に届けよう。

第一話　双子サンドイッチ

土曜日にいろいろあって、一日空いての月曜日。俺はいつものように登校した。

早めに学校に来てもすることはないけれど、ギリギリに教室に入って、中にいる生徒の視線を浴びるみたいなのが苦手なので、十分前には自分の席に座るようにしている。

この時間になるとクラスメイトの三分の二は登校していて、幾つかのグループが好き勝手に雑談をしているので教室の中はいつも賑《にぎ》やかだ。つまり俺の入室には誰も気づかない。

教室に足を踏み入れた俺は違和感を覚えた。会話は飛び交っているから賑やかではあるんだけど、騒がしいというよりはざわついているというか。言葉にするのは難しいけど、今日の教室の中はなんとなく雰囲気が違った。

俺の席は窓際《まどぎわ》一番後ろという理想の位置にある。そこへ向かう途中に、適当に誰かに『なんかあったの？』と訊《き》ければいいんだけど、残念ながらそんな気軽に話しかけられるクラスメイトが道中にいない。

違和感の正体を摑《つか》めないまま自分の席に辿《たど》り着《つ》き、そのままぼうっと教室の中を見渡しながら周りの会話に耳を傾けてみる。なんか、『動画』とか『凄《すご》い』みたいなワードが聞こえてくる。

そんな中、ふと視界に入ったのは、クラスメイトの中でも一際《ひときわ》目立つ二人組だった。琴吹結月《ことぶきゆづき》と琴吹陽花里《ひかり》。

世にも珍しい双子の姉妹だ。いや、別にそこまで言うほど珍しくはないのかもしれないけど。

ブラウンのミドルボブ。スレンダー体型でにこやかな笑顔が特徴的、体育が得意そうなのが陽花里。

大和撫子《やまとなでしこ》という言葉が似合う黒髪ロング。女の子としての膨らみがしっかりと自己主張した、モデル体型で勉強が得意そうなのが結月。

あまり関わりがないのでどちらが姉でどちらが妹かなんてことは分からない。けど、そんな俺でも名前は知っている、くらいにはとにかく有名な姉妹だ。

「みんな何の話してるのー？」

今しがた登校してきた黒髪の女子生徒が自分のグループに合流し、俺ができなかったことを平気でやってのけた。すぐ近くでたむろしていたグループだったので、俺はそこの会話に耳を傾ける。

「これ。知ってる？」

言いながら、金髪の女子生徒が自分のスマホを黒髪女子に見せた。リポートしてくれ。

「あー、見た見た。あたしのとこにも流れてきたもん」

「これ、うちの制服だよねって話してて」

「それそれ。しかもけっこーイケメンじゃね？　けど、こんな男子見たことないんだわ」

「そりゃ何年生かも分からないし。校内捜し回ったら、どこかにはいるかもね」

盛り上がっているけど、結局なんの話なのかまでは分からないままだった。

他のグループの会話も盗み聞きしてみたけど、やっぱり重要な部分は既に話し終えていたので答えには辿り着けないでいた。まさかこんなタイミングで友達がいないことを悔やむことになるとは。

「朝っぱらから間抜けな顔だね」

朝っぱらからこんな失礼なことを、わざわざ言いにくるやつなんて一人しかいない。

振り向かずとも声の主は分かっているけれど、朝一の暴言のお返しに睨《にら》んでやることにした。

「メガネを外せば、もう少しマシになるかもしれない」

銀髪のショートヘア、気だるげな声色でそんなことを言ってきた彼女は日比野《ひびの》すもも。

校内での、いや校外であっても、俺の唯一の友人である。

「余計なお世話だ」

「ついでにちょちょいと髪をセットなんかしてしまえば、そこそこ見れる顔になるんじゃない？」

こんなふうにね、と言いながら日比野は俺にスマホの画面を見せてきた。そこに映っていたものを見て、俺は思わず目を見開く。

見覚えのある景色がそこには映されていた。見せられたのは動画で、その内容は土曜日に俺が倒れている女性を助けたあの一件の一部だった。

「これは桐島《きりしま》だね？」

日比野が空いていた前の席に腰を下ろし、少しだけ声のトーンを上げて言う。

どうやら楽しんでいる様子。

「いや、どう見ても違うでしょ。俺はメガネかけてるし、見ての通り髪のセットなんかしてない」

「ということはメガネを外して、髪をセットすれば桐島はこの姿になるわけだ？」

「……」

どうやら日比野の中では確信のある結論らしく、なにをどう誤魔化してもダメっぽい。

そんなことを思っていると、日比野はなおも楽しそうに続ける。

「とはいえ、常日頃から桐島の顔をちゃんと見てないと気づきはしないだろうけど。だからきっと、誰にも気づかれてないよ。それにしても、桐島にしては目立つ行動を取ったね？」

「……目の前で人が倒れてたんだぞ。そんなこと言ってる場合じゃないだろ」

あの人だかりの中の誰かが現場を撮影していたらしい。そんなことしてる暇があったなら手伝ってくれよと思うけれど、今さらどうこう言っても仕方ない。

そんなことより問題はこの動画が出回っていること、教室の中でその話題が上がっていることだ。

「名乗り出たらいいのに。一躍、時の人だよ？」

「俺が目立つの苦手だって知ってる上での発言か？」

「勿論《もちろん》」

なんの躊躇《ためら》いもなく、にこりと笑って言う日比野に俺は半眼を向けてやったが、彼女は気にする様子もない。

「それに、そのお相手があの琴吹《ことぶき》姉妹ときたもんだよ。名乗り出れば、間違いなくお礼をしてもらえるだろうね。全男子憧れのシチュだよ。どんなエロいことしてくれるんだろう」

「エロいことは確定なのか……」

彼女の戯言《たわごと》にツッコミを入れながら、俺はその琴吹姉妹の方をちらと見た。

全男子の憧れ、ね。

あの容姿レベルなら、そりゃそうか。誰もが一度は彼女らとのラブコメを妄想したことだろう。俺だってそうだ、憧れはする。

「平野《ひらの》さん、この方知りませんか？」

琴吹陽花里《ひかり》がクラスメイトにスマホを見せて問いかけていた。この方、というのは動画に映っている俺のことを指しているのだろう。

しかし、平野さんはふるふると首を横に振るだけだった。そのリアクションを見て、琴吹陽花里は「ですよねえ」と肩をがくりと落とす。

その場所から席を二つほど空けたくらいの場所では琴吹結月《ゆづき》が、また別のクラスメイトに問うていた。

「乃々香《ののか》。知らないよね？」

「んー、このレベルのイケメンなら一度見たら忘れないだろうから、知らないね。紹介してほしいくらい」

乃々香と呼ばれた彼女の答えを聞いて、やはり琴吹結月も溜息《ためいき》をついていた。

今ここで、それは俺だよと名乗り出れば、確かに日比野の言うとおり何かしらのお礼はしてもらえるのかもしれない。あるいは、誰もが一度は妄想したラブコメなんてものが始まる可能性だってある。

だがしかし。

そんなことをすれば目立ってしまう。確実に面倒な人たちにも絡《から》まれる。

そもそも小学生のときから人前に立つのは得意じゃなかった。中学のとき、不用意に騒いで周りの反感を買った男子が淘汰《とうた》されていたのを見てゾッとした。そして、高校生になり、このいてもいなくてもどっちでもいい教室の片隅にいる空気みたいなポジションに、居心地の好さを覚えつつある。これを手放したくない。

「見つからないといいね」

日比野が、思ってもいないことを言いながら笑う。楽しんでやがるな。

結局この話は一時的に盛り上がりながらも、数日後には風化して、俺の存在は誰に知られることもなく終息した。

そんな展開であれば、どれほど良かっただろう。

が。

残念なことに、俺の祈りは届いてくれなかった。

＊

その日の放課後。

俺は朱夏《しゅか》と二人で、改めてショッピングモールに来ていた。というか、連行された。

学校が終わって家に帰り、積んであるラノベを読もうとしていたところを押さえられ、先日のリベンジだと無理やり外出させられたのだ。

買い物を終えた帰り道、隣を歩く朱夏は随分とご機嫌だった。

「うんうん、やっぱりお兄ちゃんはちゃんとしたらちゃんとしてるんだから、服もこだわるべきだよね」

俺の顔をじいっと見ながら、朱夏はしみじみと呟《つぶや》く。

朱夏は俺と出かけるときは必ず外見を整えてくる。朱夏プロデュースの髪セットはマストで、メガネもコンタクトに変えろと言ってくる。最初は抵抗していたけど、最近はもう諦めている。

「あ」

そのとき、ふと思い出した。

「どしたの、お兄ちゃん。そんな間抜けな声出して。せっかくのカッコいい顔が台なしだよ」

うるさい、とツッコミを入れながら、俺は今日の自分の行動を頭の中で振り返っていた。

今日の古典の授業で宿題が出た。古典の担当である福徳《ふくとく》はとにかく怒らせると面倒くさい教師だ。怖い、ではなく面倒くさいという点が厄介で、宿題を忘れようものならクドい説教を授業時間外に延々と聞かされることになる。昼休みがまるまる潰れるレベル。

その古典の授業で宿題が出され、それをノートに挟み、机に入れて……。

「古典の宿題、学校に忘れた」

頭の中でのリプレイが終わった。やっぱり、机の中に入れたまんまだ。

「それがどうかしたの？　いつものお兄ちゃんなら、まあいっかで終わる案件でしょ？」

「科目によるんだよ。古典は忘れるわけにはいかないんだ」

「知ってた？　お兄ちゃん。科目によらず忘れるわけにはいかないんだよ、宿題って」

そんな正論は聞きたくない。

「そういうわけだから、ちょっと学校に取りに行ってくる」

幸い、朱夏に言われてまたしても制服で外出しているし。

「りょーかーい。じゃあ、晩ご飯作って待ってるね」

そんな感じで朱夏と別れて、俺は駅へと向かう。

うちの最寄り駅から大幕《おおまく》高校までは電車で三十分くらい。都市部から少し離れたところにあって、周りが自然に囲まれているのが特徴的な学校だ。

学校に到着したとき、時間は午後六時を回っていた。空は暗くなっているというのに、グラウンドでは運動部の活気に満ちた声が響いていた。まだ部活してるんだ。凄《すご》いな。

さっさと取って帰ろう。あんまり遅くなると朱夏がうるさいし。

廊下は静かだった。すれ違う人もいないまま、俺のクラスである一年一組の教室のある三階に続く階段に差し掛かる。

ちょうどそのとき、前から女子生徒二人が階段を降りてきた。

どういう思考をしているのかスカートが短いので、この距離感だと中が見えそうになる。そんなことになれば間違いなく鉄拳制裁だし、最悪の場合もっと酷《ひど》い罰が待っていることだろう。

そんなわけで俺はさっと視線を逸《そ》らす。顔ごと逸らすことで見ていませんというアピールをする。まあ、一瞬見た感じ陽キャ感のある女子だったたし、俺なんか眼中にもないだろうけど。

案の定、何を言われるでもなくすれ違う。俺がほっと胸を撫《な》で下《お》ろしたのもつかの間。

「今の見た？」

「うん。結構イケメンだった」

「ていうかさ、あれ動画の生徒っぽくなかった？」

「まじ？　そうだった？」

ひそひそと話す女子二人の会話が聞こえてきて、ハッとする。

そうだ。今の俺は朱夏プロデュースの脱陰キャモード（命名朱夏）なんだった。

もう一度確認される前に、俺は慌てて階段を駆け上がり廊下を曲がった。さすがにわざわざ追いかけてくることはないだろうし、これでとりあえずは一安心か。

例の一件の動画の噂《うわさ》が広まっている今、この格好で学校に来るべきじゃなかった。でも福徳に怒られるのはゴメンだし。なんならもう来ちゃってるし。ぶっちゃけ忘れてたし。

極力、誰とも顔を合わせないように周りを警戒しながら教室に辿《たど》り着く。

「カギはかかってないみたいだな」

こんな時間に学校に戻って来ることがないので、教室のカギが閉まっているかどうか分からなかった。思い至ったのがさっきだったので、とりあえずここまで来たけど、開いて良かった。

中に生徒がいたらどうしようか、と思い様子を見てみるとタイミングが良かったのか残っている生徒はいなかった。なので、しめしめと教室に入る。

いつもは生徒がいっぱいいて、賑《にぎ》やかな声が飛び交う教室。見慣れた光景とは異なる、夕陽《ゆうひ》が窓から差し込む茜色《あかねいろ》の教室には違和感を覚えた。けれど、どこか非現実的で幻想的にも思えて、悪くは感じない。

机の中を漁《あさ》り、古典のノートを取り出す。そこに挟んである一枚のプリントが今回出されている宿題だ。

「あったあった」

さて帰ろう、と思ったそのときだった。

ガラガラ、と教室のドアが開き、俺は咄嗟《とっさ》にそちらを見やる。そして、ドアを開けた生徒と目が合った。あろうことか、今一番顔を合わせるべきでない人物のうちの一人がそこにいた。

「……あなた」

長い黒髪がさらりと揺れた。

見開いた目が俺を捉えている。俺はまるで蛇に睨《にら》まれた蛙《かえる》のように動けないでいた。

そこにいたのは、琴吹結月だった。

「あ、や、どうも」

ようやく金縛りが解けたものの、思考が完全には追いついておらず、俺は場を繋《つな》ごうととりあえず声を出す。相手に喋《しゃべ》らせちゃダメだ。何とか隙をついて逃げ出そう。なんで俺、脱走犯みたいなこと考えてるんだろう。

「それじゃ」

教室には前と後ろにドアがある。彼女が開けたのは前側のドア。なので、後方ドアから出ればそのまま逃げ出せる。大丈夫、俺ならやれる。根拠はないけど何とかなる！

「ちょっと待って！」

走り出そうとしたところで、結月が焦《あせ》りに満ちた声を漏らす。

改めて彼女を見ると、今にも泣きそうな顔でこちらを見ていた。それにより一瞬、動きに躊躇《ためら》いが出てしまう。

瞬間、結月がこちらに駆け寄ってきた。

「ごめん。俺、急いでるから！」

俺も一歩遅れて走り出す。

ここで俺の正体がバレれば、少なからず注目を浴びることになるだろう。

俺はできることなら、教室の隅でほそぼそとしていたいのだ。目立ってもロクなことがないことを、もう知っているから。

『ちょっと目立ったからって調子乗んなよ、桐島《きりしま》』『どうせ先生を手伝ったのも目立ちたかったからなんだろ』『こいつこの前、落ちてたゴミ拾ってたぜ。善人気取りなんだよ』

良かれと思ってやったことでも、周りはそう捉えないことだってある。

中学の時の記憶が脳裏に蘇《よみがえ》った。もうああいうのは面倒なんだ。だから、俺はできるだけ目立たずに学校生活を送っていきたい。

「ま、待ってっ！」

結月《ゆづき》が手を伸ばす。

けれど、俺が教室から出ていくのが一瞬だけ早かった。

大丈夫だ。顔は見られたけど、俺が誰かまでは気づかれていないはず。

「……大丈夫、だよな」

今にも泣きそうな彼女の顔がまだまぶたに残っていて。

罪悪感を振り払うように、俺はそのまま昇降口まで走り続けた。

＊

「あ」

翌日、登校すると校門のところにいた女子生徒を目にして、俺は思わず声を漏らした。

校門の柱にもたれかかって、きょろきょろと周りを警戒している。警戒というか、人を捜しているような。明らかに誰か待ってますよ、という雰囲気が溢《あふ》れ出《で》ていた。

俺にとって問題なのは、その女子生徒が琴吹《ことぶき》結月だということだ。

蘇るのは、昨日の放課後の教室での出来事。

バレてはいないはずだけど、何となく顔を合わせるのも気まずい。

遠回りしようにも生徒はこの校門から登校するように、というのがこの学校の校則だ。

だからこそ、彼女はこの場所を選んでいるのだろうけれど。

前を通りがかる男子生徒は一〇〇パーセント、彼女をチラ見している。中には声を掛ける奴《やつ》さえいる。適当にあしらわれているが。まあ、普通に容姿のレベルは高いもんな。何かの雑誌の表紙を飾っていても驚かない。

視線が向かってしまうのも無理はない。ただ柱に寄りかかって立っているだけなのに、どうしてか絵になる。それくらい、彼女は美しかった。

白いシャツにキャメル色のブレザー。首元には学年カラーのリボン。スカートは緑のチェック。

どこにでもある制服なのに、まるでおしゃれの最先端がそこにあるように思えた。

結局、服って着る人によって印象が左右してしまうことをこれでもかと見せつけられている気分だ。

「っ！」

そんなことを考えていたら、琴吹結月と目が合った。彼女は俺の顔を見て、まるで飼い主を見つけたイヌのようにぱあっと表情を明るくした。

柱から背中を離し、かといってこちらに駆け寄ってくることもなく、ただそこに直立して俺の方を見つめている。どういうことだ。顔は見られたけど、正体には気づかれていないはずなのに。

尻尾があったらぶんぶん振ってるだろうな、と思えるくらいに上機嫌オーラが発せられていて、周りの生徒はなんだなんだと好奇の目を向けている。

その距離およそ二十五メートル。

どうする。けど、俺の思い過ごしという可能性もあるし。うん、とりあえず行こう。

ここにずっといても周りから変な目で見られるだけだし。俺も、彼女も。

「おはよう、桐島蒼《あお》くん」

彼女の前を通りがかったところで、結月はタタッと一歩前に出て挨拶してきた。結構身長は高いイメージだったけど、こうして向き合うとまだ俺の方が少し高いようでほっとする。

「お、おはよう。なんで、俺の名前を？」

動揺しながらも、とりあえず挨拶は返しておく。

「クラスメイトだもの。名前くらいは覚えているわ」

「どうして、急に挨拶なんか」

大事なのはそこだ。この圧倒的なまでの好印象なオーラから察するに、どういうわけか彼女は俺があのときの男だということに気づいているっぽい。どうしてバレた？

「これ、机の上に置きっぱなしだったわよ」

何かと思えば、結月は古典のノートをカバンから取り出して俺に見せつけてくる。

そのとき、ハッと思い出す。昨日、宿題のプリントを取ったあと、結月の来訪に驚いて机の上に置いて、そのままだった。

「……そっか」

さて。彼女はどう来るのか。覚悟を決めて彼女と向き合う。

俺がすべてを察したことを理解した彼女は、こほんとわざとらしい咳払《せきばら》いをした。

「ねえ」

真剣な顔つきで一言。

「はい」

「蒼くんって呼んでもいい？」

「俺が言うのもなんだけど最初の言葉それ⁉」

＊

あのまま校門で話をしているとさすがに目立つので、俺は場所を変えるようにお願いした。

バレてしまった以上は、話し合わなければならない。俺の平穏を守るためにも。

「まさか体育館裏に連れ込まれるなんて。告白でもされるのかしら」

体育館裏にやってくるなり、結月がそんなことを口にするものだから、俺は「はは、そんなまさか」と笑顔を引きつらせるしかなかった。

人の目があるところは避けたい、という条件の上で校門からさっと移動できる場所を考えると体育館裏が一番妥当だった。日の当たりが悪くじめじめしたこんな場所に、朝っぱらから足を運ぶ生徒はよほどのもの好きしかいないだろうから。

「そうよね。だとしたら、これから私が告白することを予知してくれたとか」

「話進めてないのにガンガンネタバレしていくのやめて」

俺が琴吹結月という人間に抱いていたイメージは大人びていて落ち着きがあって聡明《そうめい》な女子生徒って感じだったのに、そのどれもが今着実に崩れていっている。

「予鈴まで時間がないし、単刀直入に話をしよう」

スマホで時間を確認したが、十分程度しか残されていない。遅刻すると面倒なので、俺はすぐに話を切り出す。

振り返ると、向き合った彼女の表情は真剣そのもので、じいっと俺の目を見つめていた。

美人に見つめられるともちろん照れる。俺は視線を逸《そ》らしながら、照れ隠しに頭を掻《か》く。

すると、彼女はぺこりと大きく頭を下げた。深々と、九十度、腰を直角に曲げて。

「え、なに」

突然の行動に、さすがに驚く。

「あのときは本当にありがとうございました」

さっきまでのテンションどこいったの、と言いたくなるような真面目な声色に俺は戸惑う。

「あなたのおかげで母が一命を取り留めました。本当に感謝してもし切れません」

頭を下げる動作でこんなことを思うのはおかしいかもしれないが、すごく綺麗《きれい》な所作だった。

俺は何を言うか悩み、視線をそこかしこに向けてから、結月を見た。

「頭を上げてくれ。助かったならなによりだし、俺としてはその報告を聞けただけでもう十分だから」

そう言うと、彼女はゆっくりと頭を上げていく。しかし、その途中で、俺の顔をちらと見上げて止まった。

「お礼がしたいの。私にできることならなんでもする所存なのだけれど」

上目遣いにドキッとさせられる。俺はそれを隠そうと平静を装《よそお》った。

「いや、別にそういうのはいいよ」

そして、ぴしゃりと言い切った。これは本心だ。

「それだと私の気が済まないわ。お願いします、なにかさせてください。なんでもします」

腰をくの字に曲げているのに、ぴたりと止まって動かない。なんで頑《かたく》なにそこで止まっているんだ。とりあえず頭を上げてほしい。

「女の子があんまりそういうこと言うもんじゃないぞ。普通の男なら金銭の要求とか、琴吹くらい可愛《かわい》いと、こう、卑猥《ひわい》なことをさせろくらいは言われてもおかしくない」

「つまり、蒼くんは普通の男ではないと？」

「そういうわけじゃないけど。あと、俺その呼び方了承してないぞ」

そう言うと、彼女はなにを思ったのか、止めていた体を動かしてようやく背中を伸ばした。

「あなたは普通の男ではない、と。それはつまり、そんじょそこらの凡人では思いつかないようなえっちな要求をしてきた挙げ句、大量の金銭を得ようとする、という解釈でいいのかしら」

「いいわけあるか」

美少女と向かい合うことに対して抱く緊張が徐々に解けていくのが分かる。

これは慣れてきているというよりは、彼女を美少女のカテゴリーに入れるべきではないと本能が告げ始めているという感覚に近い。非常に残念だ。

「自分で言うのもなんだけど、良い体してると思うの」

体をくねらせて、自分の体を見る結月。

胸は大きく、腰は引き締まっていて、スカートから伸びる脚は長く綺麗だ。

「そりゃ、まあ、そうだけど」

自分のボディラインを強調するような動きに、俺の視線は嫌でも彼女に吸い寄せられる。

全男子の憧れ。妄想をそのまま具現化させたような理想的なスタイルだ。それでいて顔も整っていて、容姿だけを見れば悪いところが一つも見当たらない。

「あなたが望むのなら、私はこの体を差し出しても構わないと思っているわ。この胸を揉《も》ませろと言うのならいくらでも触らせてあげるし、裸体を拝みたいのであればこの場でストリップをしてもいい。メイド服を着て御主人様と呼べと言うならこの足で可愛いメイド服を買いに行くし、毎晩抱き枕になれと言われても従う所存よ」

ところどころ、どうかと思う発言こそあれど、しかし、それは至極男《おとこみょうり》冥利に尽きる提案だと思う。そんなことを言われれば、男なら誰だって喜んでお願いするだろう。断るなんて馬鹿以外のなんでもない。

「……それは男としてこれ以上ない、魅力的な提案だと思うよ。琴吹は可愛いし、スタイルも良いから。もし何でもない状態で言われてたら、俺だって飛びついてたよ。けど」

「……けど?」

すっと、彼女の目が細められる。

「今ここでその提案に甘えたら、俺のあの行動が、その行為を得るためのものになってしまうような気がするんだ。俺はあれを見返り欲しさにしたわけじゃないんだよ」

「潔癖すぎじゃないかしら。これは結果的な褒美《ほうび》であって、あの行動の根本的原理にはならないわ。あなたの行動に、私がそうしたいと思っているの。それだけよ？」

「だとしてもだよ」

そんなことは分かっているけれど、どうしてもそういう考えが頭をよぎる。

あと、まあ、ぶっちゃけ言うと同級生のそういうのは刺激が強すぎるからこういう状況じゃなくても断っていた。カッコつけてるけど、内心では心臓バクバクである。

「ありがとうの一言だけで、俺は本当に満足なんだ。もっと言うと、ご家族の人が助かったっていう報告だけでも十分だ。だから、お礼とかはいらない。何かしないと気が済まないっていうんなら、じゃあ今度昼飯でも奢《おご》ってくれ。それでチャラにしよう」

人を助けたことは何度かあって、確かにみんなお礼はいらないと言っても納得はしてくれなかった。俺が何かを得ることを拒むように、相手は何もできないことに納得できないんだ。

ここはお互い譲り合って、それで終わりにしよう。

「……分かったわ」

俺の思いを汲《く》み取ってくれた結月《ゆづき》は、渋々といった様子だったけれど、それでも頷《うなず》いてくれた。良かった、と俺は心の中で安堵《あんど》した。が、彼女はそのままの流れで言葉を紡《つむ》いだ。

「じゃあそれとは別で、私と付き合ってください」

「さすがに理解が追いつかないぜ」

＊

もちろん断った。

別に結月のことが嫌いだからではない。そもそも好きとか嫌いなどと判断するほど、彼女のことを知らないし。

「自慢するわけではないけど、私こう見えて男の人から告白されること多いのよ？」

「どう見えてるつもりなのか知らないけど、多分満場一致でそう見られてると思うぞ」

いつまでも体育館裏にいては本当に遅刻してしまいそうだったので、とりあえず話を打ち切って教室に向かうことにした。

階段を上がりながら、琴吹《ことぶき》は諦めまいと自らをアピールしてくる。

「なら、どうして付き合ってくれないの？　私、尽くすタイプよ？　友達の間でも結月は彼氏に尽くしそうだよねってもっぱらの噂《うわさ》なのよ？」

「いや知らんけど。なんで付き合わないかと言われたら、まだ琴吹のことを知らないからだ」

　恋愛の始まりなんて人それぞれだ。マニュアルなんてないし、決まりもルールも存在しない。可愛いからという理由で付き合う人がいれば、ただ肉体的接触が目的という理由で付き合い始める人もいる。どれも間違いではない。

　けれど、どうにも俺にはそれがしっくりこない。

　固い考えなのかもしれないけど、俺はちゃんと好きになった人と付き合いたいと思っている。

「それはつまり、好きになれば付き合うってこと？」

「そうかもしれないな。ていうか、なんでそんなにぐいぐい来るんだよ。俺と琴吹はこれまで接点なかったろ？」

　階段を上り終え、教室までの廊下を歩く。予鈴が鳴る直前だからか、廊下には生徒の姿が見えない。おかげで、二人でいるところも見られずに済んでいるのは幸いだ。

「そうね。数日前まで、ただのクラスメイトでしかなかったわ」

「なのに、急に付き合いたいなんて言い出すのはおかしいと思うんだけど」

　隣に追いついてきた結月を横目で見ながら言う。

　彼女はきょとんとした顔をこちらに向けて、首をこてんと傾《かし》げた。

「別におかしくはないでしょ。大切な家族を救ってくれた姿が本当に格好良かった。それだけじゃないわ、あれだけのことをしたのに何の褒美も得ようとしないその誠実な精神にも感動した。恋の始まりには十分な理由だと思わない？　だって少女漫画なんて曲がり角でぶつかっただけで恋が始まるのよ？」

「まあ、そう言われるとそうだけど」

けどあれはフィクションだし。

ただ、立場を置き換えて考えてみれば、言っていることに納得もできる。

そんな話をしていると、教室に到着した。

とりあえずはここで一息つくことができるだろう、と俺はガラガラとドアを開ける。

そのタイミングで、結月が思い出したように「あ、そうだ」と言った。

「あの一件があなたのおかげであることは、陽花里《ひかり》にも言ってあるから」

「ふーん、そうなんだ」

だからどうした、くらいに思ったけれど。

次の瞬間、なるほどねと理解した。

「ありがとうございますーっ！」

突然、声と共に勢いよく抱きつかれた。声がしたと思ったときにはもう抱きつかれていて、なんの警戒もしてなかった俺はもちろんその場に倒れてしまう。抱きつくというか、もはやタックルだった。

むにゅ、と柔らかいものが俺の体に押し当てられる。離れようにも、しっかりとホールドされていて身動きが取れない。くそ、ラグビーだけでなく柔道の心得もあるのか？

「な、なんだ？」

抱きついてきた女子は体を起こす。彼女は馬乗りになって、俺を見下ろしていた。にこりと口角をこれでもかと上げて、太陽のような笑顔を浮かべ、その女子生徒——琴吹陽花里は言った。

「あなたはわたしたちのヒーローです」

＊

幸いだったのは、あの一件の男が俺であることを、陽花里が教室で言いふらしていなかったことだった。あのあとすぐにチャイムが鳴って、担任がやってきたのでクラスメイトからのお咎《とが》めはお預けという形で収まっている。

ただ、さっきからちらちらと視線を感じる。単なる好奇心のものもあれば、鋭利な刃物を思わせる鋭い視線も感じられた。その視線の理由は間違いなくさっきのタックルだよな。

これはホームルームが終わると同時にトイレに逃げ込むしかない。そしてギリギリで戻ってきて授業を受けて、またトイレにダッシュを繰り返す。そうすることで誰からも言及されないまま一日を終えるのだ。

「それじゃあホームルームはこれで終わります」

担任の成瀬《なるせ》先生がそう告げる。

くるみ色のふわっとした長髪にピシッとしたスーツ姿の女性教師。美人なので男子から人気があるらしいけど今はそんなことどうでもいい。

俺は先生の宣言と同時にイスから立ち上がり、扉の方へ向かおうとした。

が、しかし。

そんな俺の前に二人の男子生徒が立ち塞がった。ガタイの良さから体育会系であることが予想される。つまり、どう足掻《あが》いても俺に勝ち目はない。

俺が教室の後方ドアから、前のドアにルートを変更しようと視線を動かしたとき、彼らはぴくりと反応した。それだけでなく、さらにもう一人、男子生徒がディフェンスに参加する。

俺が進もうとしていた道をしっかりと塞いでくる。なんて守備力だ。

「よう」

「ちょっと話しようや」

「面《つら》貸せやコラ」

とてもフレンドリーとは思えない言い方で、自分よりも体格のしっかりしている体育会系男子に囲まれた。逃げ場を失った俺は逃走を諦める。もちろん闘争もするつもりはない。

「話というのは？」

できるだけ刺激しないように下から申し出たけど、特に意味はなかった。表情から察するに爆発寸前だ。何言ってもボカンといきそう。

「言われなくても分かってンだろ。テメェみたいな陰キャが陽花里さんとどういう関係なんだ？」

眉間にシワを寄せ、メンチを切ってくる男子生徒。坊主《ぼうず》だから多分、野球部だな。

さて、どうしよう。本当のことは言いたくない。

できることなら誰にも知られないまま終わってほしかった一件だ。琴吹姉妹に知られたのはもう諦めるしかないけど、これ以上の拡散は避けたい。この爆弾を処理して、噂が落ち着くのを待とう。

「あれは、えっと、昨日琴吹さんが落とした財布を拾ったんだよ。それで、感謝の気持ちを伝えてくれた、みたいな？」

俺はしどろもどろになりながらも、何とかそれっぽい言い訳を作り上げた。

坊主男子の表情は少しずつ和らぐ。どうやら納得してくれたらしい。

ふう、と俺が安堵の息を漏らした矢先。

「違いますよ？」

琴吹陽花里が登場した。きょとんとした顔で首を傾げている。

男共の視線が陽花里に向く。頼むから余計なことは言わないでくれ。

「わたしのかぞ――むぐ」

俺は咄嗟《とっさ》に手で彼女の口を塞いだ。余計なことを言うつもり満々だったから。

「むぐぐ」

なにするんですか、みたいなことを言いたそうな目をこちらに向けてくる陽花里。

「テメェ、なにモブの分際で陽花里さんの口元押さえてんだよ殺すぞ」

「いや、ちが」

そのとき。

ぺろ、と。手のひらに柔らかく温かい何かを感じた。

「うおわ」

俺は慌てて手を離す。

陽花里はしてやったり、みたいなどや顔を披露していた。こいつ、俺みたいな男の手のひらを舐《な》めやがった。どういう神経してるんだ。

「説明しましょう！　桐島《きりしま》さんはですね！」

「琴吹さん、ちょっとお話があるからこっち来てもらってもいいかな！」

彼女の言葉を遮り、俺は無理矢理に手を引いて教室から出ていくことにした。

「お前、陰キャの分際で陽花里さんと二人きりになるとかふざけてんのかァ！」

後ろから聞こえる声はとりあえずスルーしておこう。

＊

大抵の学校は諸事情により屋上は閉鎖されているだろう。それはうちの学校も例外ではなかった。なので、屋上に続く階段を進み、踊り場まで行けばほとんど人が来ることはない。

なので、今回のように誰にも聞かれたくない話をするときなどには最適な場所である。

「こんなひと気のないところに連れてこられるなんて、もしかして告白でもされるんでしようか？」

双子って思考も似るのかな、とか思いながら後ろをついてきた彼女を振り返る。

一時間目が始まるまでの僅かな時間にわざわざここへ来るような生徒はいない。案の定、踊り場に人はいなかった。

「どきどきしているところ悪いけど、そういう話ではない」

「では、わたしから告白しても？」

「できれば、あとにしてほしい」

いや、そもそも告白されても困るんだけど。

しかし、こうして改めて向き合うとやっぱり結月《ゆづき》と双子なだけあって、整った顔立ちをしている。美しいを司《つかさど》る結月に対して、陽花里の印象は可愛《かわい》いになるが、容姿が整っているという点においては同じだ。

ブラウンのミドルボブ。結月に比べると控えめではあるけれど、胸の膨らみもちゃんとある。それはさっき体感した。スレンダーな体型だけど、スラッとしていてそれもある種スタイルが良いと言える。少し幼さの残る顔のパーツも彼女の可愛さを助長する要素でしかない。

「……えっと、この前の件についてなんだけど」

それだけ言うと、陽花里はハッとした顔をして頭を下げる。

「その節は、本当にありがとうございました。桐島さんのおかげでお母さんが助かりました。感謝してもし切れません」

「ああ、いや、それはいいんだ。結月からも言われたし、その一言だけで十分だから」

「桐島さん……」

琴吹《ことぶき》はゆっくりと顔を上げる。

くりんとした宝石のような瞳が、徐々に半眼へと変わっていく。

「……いつの間に結月のことを名前で呼ぶように？」

「名字で呼ぶとややこしいから、差別化のために名前で呼んだだけだ」

「ということは、わたしのことも陽花里と呼んでいただける感じですか？」

彼女の頭の上にピコンとビックリマークが浮かぶ。

「いや、琴吹と結月で呼び分けられるから必要ないでしょ」

俺が言うと陽花里はビシッと手を挙げる。その表情はいつになく真面目なものだった。

「それだと結月がずるいです。姉妹不平等です！」

「なんでそうなる⁉」

「とにかく、わたしのことも名前で呼んでください！　でないと話が進みません！」

「話を進めませんの間違いでは⁉」

端的に言って、今は時間がない。

この短時間で俺は彼女を説得する必要がある。とにかくあの一件の男が俺だということだけは伏せるように言わないといけなので、呼び方どうこうで時間をロスしている余裕はない。

「……分かった。そうするから、話を進めていいか？」

「もちろんです。あ、せっかくなので、とりあえず一度呼んでもらってもいいですか？」

えへへ、と照れながらそんなことを言ってくる。

「……陽花里《ひかり》、さん」

「さんはいりません。せめて、ちゃんにしてください」

「それはちょっと恥ずかしい」

「じゃあ、陽花里で」

そう言って、にこっと笑う。笑った顔は姉妹そっくりだな。

「しかし、なんで呼び方一つにそんなこだわるんだ……」

ぼそりと呟《つぶや》いた。

別に陽花里に投げかけた疑問ではなくて、ただ込み上げてきたものを消化するために吐き出しただけ。だから、答えなんて求めてなかったし、返ってくるとも思ってなかったんだけど。

「だって、好きな人から名前で呼ばれたら嬉《うれ》しくないですか？」

「そりゃ、世間的にはそうなのかもしれないけど……ん？」

今のどういう意味だ、と思い眉をひそめた俺を見て、陽花里が頬を赤らめる。

そして、伏せた顔を少し上げて上目遣いを俺に向けた。

「桐島さんに呼ばれたかったんです。つまりはそういうことなんですよ」

＊

財布を拾った、ということにするよう話をすり合わせ、陽花里が誤解を解いてくれたおかげで、俺はクラスメイトからの言及を免《まぬが》れることができた。

そして、教室で話しかけられるとまたあらぬ誤解を招き、俺がクラスの男子に病院送りにされる恐れがあったので、琴吹姉妹には、放課後に話す時間を設けると説得し、教室での接触は控えてもらった。

そして、放課後。

とにかく人目は避けたい。けれど、放課後の校内はそこかしこに人がいる。人のいない場所を見つけるのは困難だ。

どうしたものかと悩んでいると、気づけば教室からクラスメイトがいなくなっていた。

部活やバイトや遊びや帰宅、放課後の高校生はどうやら多忙なようだ。俺とは全然違う。

「放課後の教室、これは絶好の告白シチュエーションね」

「わたし、まだ心の準備ができてないよ」

「私はいつでもオッケーよ」

「や、そもそも告白されるのわたしなんだけど」

「なに言ってるの。どう考えても私でしょ」

「いや、どう考えても告白する流れじゃないだろ」

好き勝手に話し出した二人を止めると、琴吹姉妹はちぇーっと唇を尖《とが》らせた。

しばし、そんな感じで楽しそうに笑い合ってから、二人はこちらに向き直る。

「それで、私たちに話したいことっていうのは?」

俺は二人の顔をゆっくりと一瞥《いちべつ》してから、頭の中を整理する。

さて、どう話したものか。そう思いながらも、俺は口を開いた。

「中学のときにいろいろあってさ、俺はあんまり目立つことを良く思ってないんだ」

結月も陽花里も、その言葉にはなんの反応も見せなかった。けれど、こちらの話に耳を傾けているのは確かなので、そのまま話を進める。

「できることなら目立つことなく、いるかいないかも分からないくらい空気になって一日を過ごしたいと思ってる。それが俺の理想とする学校での生活なんだよ」

今の学校生活はわりと心地良いと思っている。

日比野《ひびの》以外のクラスメイトと話すことはほとんどないけど、それでも中学時代に比べると変に敵視されることもないし、一人で校内を散歩したり図書室で本を読んだりする時間も嫌いじゃない。

「今日一日で分かったけど、二人の及ぼす影響力はあまりにも大きい。そんな二人が突然俺みたいな陰キャに絡《から》み出せば、クラスメイトは黙っていない。今朝みたいなことになる」

「それはつまり、話しかけられたら迷惑だと？」

「話しかけないでくれってことですか？」

真面目な顔で言う二人。そこには僅かばかりの怒りが混じっているように思えた。

まあ、俺の言っていることを考えれば、無理もないけど。

「そうじゃないんだ、そういうことが言いたいんじゃなくて。ただ、教室の中で話しかけられるとちょっと困るというか。だから、ちょっと話し合おうと思って」

俺は誤解を解こうと首を横に振る。二人は顔を見合わせ、そして再び俺に向き直る。

「それは私と陽花里、どちらと付き合うかという話し合い？」

「だとしたら、ちょっとじゃ済まないと思いますけど」

「話ちゃんと聞いてくれてた？」

「冗談よ」

結月が言って、二人はくすくすと笑い合う。さっき一瞬感じた不穏な雰囲気はなくなっていて、少し安堵《あんど》する。話が逸《そ》れそうなので本題に戻ろう。

「できれば、教室……というか、人の目があるところではこれまで通りでいてほしい」

「つまり、人目を盗んで話しかけろということかしら？」

結月は顎に手を当てながら言う。

「まあ、有《あ》り体《てい》に言えば」

俺はそれに頷《うなず》く。

「……でもそれだと、話せる時間が減ってしまいます」

陽花里はしゅんとした顔をする。やめて。そんな顔されると罪悪感芽生えちゃうだろ。

俺は教室にいることが多いし、校内でわざわざ二人との時間を設けるのも大変だ。どこに行っても、それなりに人目があるだろうから、常に周囲を警戒しておかなければならない。

「陽花里の言うことは尤《もっと》もだよ。だから、放課後とか休日とか、空いてる時間を合わせるとかでどうでしょうか？　俺は基本的に暇だから問題ないんだけど」

俺が恐る恐る提案してみる。これ実際に言うと照れるな。

「それってつまり……」

「デートということですか？」

せっかく俺が避けたその直接的な表現に、顔がさらに熱くなる。

「まあ、人によってはそう言ったりもするのかな」

照れ隠しにそんな言い方をして視線を泳がせる。

泳ぎに泳いだ視線をようやく彼女らのところへ到着させると、二人はぽかんと間抜けに口を開いたまま、じいっと俺を見ているままだった。

「なにそのリアクション」

さすがにこれは想定外で、俺は疑問を口にせざるを得なかった。

「いや、ちょっと意外で」

「なんというか、迷惑に思われてるものだとばかり」

そういう考えはあったのか。

客観的に自分の行動を顧みればそう思われるのも無理はない。俺は目立ちたくないという自分の気持ちを最優先にしてしまって、彼女らへの配慮は足りていなかったわけだし。

「勘違いしないでほしいんだけど、別に二人からの好意そのものを迷惑だとは微塵《みじん》も思ってないんだ。むしろ、嬉しいと思ってるくらいで」

こういうことを言葉にした経験がないので、なんかめちゃくちゃ恥ずかしい。

慣れない状況に、視線はまたしてもバシャバシャと泳いでしまう。まっすぐに二人の顔を見れない。こういうときに、ビシッと決めれる男になりたいもんだよ。

「ただ、いきなり付き合うとかは違うと思ってて。お互いのことを知りもしないのに、安直に答えを出すのは多分間違ってる。俺は二人のことを知らないし、二人だってまだ俺のことを全然知らないだろ？」

確かに家族を助けた格好いいヒーローに見えたかもしれないけれど、それは俺のごく一部でしかない。もっと知っていけば、その一面さえ凌駕《りょうが》するマイナスな部分が見つかるかもしれないし。

だからというわけではないけど、俺は二人のことを知りたいし、二人には俺のことを知ってほしいと思う。その上で、改めて自分の気持ちと向き合うべきだ。

だから、きっとそういう時間が、俺たちには必要なんだ。

「なので、まずはそういう感じでいきたいなと個人的には思ってるんだけど」

俺は様子を窺《うかが》うように、ちらと二人の顔を見た。

結月《ゆづき》と陽花里は顔を見合わせてから、満面の笑みでこちらを向いた。

「文句なしよ！」

「異論なしです！」

まるでそこら一面に花が咲き誇ったようだった。

二人の反応に俺はほっと安堵する。きゃっきゃと喜ぶ二人を見ていると、気づけば口元が綻んでいた。

結月と陽花里はひとしきり盛り上がったあと、ててとこちらに駆け寄ってくる。

そして、俺の両隣につき、耳元に顔を近づけて囁《ささや》いた。

「絶対にその気にさせるからね」

「わたしのこと、好きにさせてみせますよ」

第二話　両手に花はまだ早い

皆倉市《みなくらし》といえばここら辺では最も栄えたエリアである。

多くの飲食店、アミューズメント施設、アパレルショップなど、とにかく様々な娯楽が入り混じっており、放課後や休みの日は、学生はもちろん大人まで『とりあえず皆倉行くか』と口にするほどである。

そんなわけで午前十時二十五分。

俺はガタンゴトンと電車に揺られて皆倉市までやってきた。

二人との話し合いから数日が経《た》った、週末の土曜日。今日は琴吹《ことぶき》姉妹と会う約束をしていた。

一応、集合の五分前に到着するようにしたんだけど、集合場所には既に彼女が待っていた。改札を出たところで柱に背中を預け、コンパクトサイズの鏡を覗《のぞ》き込み、笑顔の練習をしている。

そんな姿を見て、俺の心は跳ねた。チョロいなぁ、俺。

土日でそれぞれに会うとなるとさすがに大変だし、かといって二人同時に会うのも違うと思い、今日の会合は二部制という形で落ち着いた。第一部のお相手は琴吹結月《ゆづき》だ。

「ごめん。待ったか？」

俺は彼女に駆け寄り声を掛ける。

すると結月はゆっくりと柱から背中を離してこちらを向き、にこりと柔らかく微笑《ほほえ》む。

「いえ。私も今来たところよ」

「……本当は？」

「三十分前から待機してたわ」

「なんで一旦見栄張《みえは》るの？　あとどう考えても三十分前は早いって」

「楽しみすぎて、居ても立ってもいられなかったの。料理の世界では空腹が最高の調味料だなんてよく言うけれど、つまりこの待ち時間もまさしく最高のデートを過ごすための調味料というわけよ」

言って、結月はくすくすと笑う。自分で言って自分で笑ってる……。

「これからはもうちょっと待ち合わせ時間を守ってくれ。ちゃんと守ってるのに罪悪感がすごいから。それで、今日はどうするんだ？」

今日の予定は結月と陽花里《ひかり》がそれぞれ決めることになっていた。俺が考えようと思っていたんだけど、自分たちで考えたいと強く言われたので従った。俺からすればありがたい話だったし。

「映画に行くわ」

「映画、ね。なにか観《み》たいものがあるとか？」

映画は嫌いじゃない。一人で行くこともある。

劇場の雰囲気とか大迫力のスクリーンとか、むしろどちらかと言えば好きな方だと思う。

「いえ、そういうわけではないんだけど」

俺の問いかけに結月は首を横に振った。

「じゃあなんで映画？」

「初デートは映画と相場が決まっているって書いてあったから」

「書いてあった？」

「ええ。ネットにね。昨日、いろいろと調べていたの」

確かに初デートは映画、というのが安牌《あんパイ》な選択というのは聞いたことがある。同じものを観て、感想を共有し合うというのが良いんだっけか。あと会話のネタにもなるんだよな。

などと、俺が心の中で思っていると、結月はそわそわしながら「ところで」と口にした。

「デートのときは女の子の服装を褒めるのが良い男の条件、とも書いていあったわよ？」

言いながら、しかし彼女の瞳はどこか不安げに揺れていた。

いつも下ろしてある長い髪は三つ編みのアレンジが施されていた。上は白のシャツにカーディガン、下は薄い青のロングスカート。清楚《せいそ》なイメージの結月にはよく似合っている。

「……俺はおしゃれとかよく分からんけど、可愛《かわい》いと思うよ」

素直にそう口にすると、結月は頬を赤くしながら「そ、そう。ありがと」と照れながら言った。そんな反応されると、こっちまで恥ずかしくなってくる。いつもの感じはどうした。

ちなみに俺は白シャツに黒のジャケット、黒のスキニーパンツ。

「蒼《あお》くんもかっこいいわよ。ますます好きになっちゃうわ」

先日、朱夏《しゅか》と買いに行った服である。朱夏曰《いわ》く『とりあえず白シャツと黒パンツがあれば普通レベルには見られる』とのこと。

確かにそう言われてから周りを意識して見ると、柄ものだったり派手な色をした服を着ている人はあまりいなかった。もちろん中にはいたんだけど、やっぱり無難な服装の人が多かった。

「それより、早く行こう。待ち疲れただろ？　映画館は、こっちだっけ」

まっすぐに気持ちを伝えられた俺は照れ隠しにそう言った。

「そうね。行きましょう」

結月はそんな俺を見てくすりと笑う。そして、二人並んで歩き出す。

少し歩くと、結月が俺の左腕に自分の腕を絡《から》ませてきた。同時に柔らかいものが当たる。

「ちょ、なに、歩きにくいんだけど」

俺は動揺を隠すようにそっけない感じを装《よそお》う。そんな俺を見て結月はふふっと挑発的に笑った。これは誤魔化しきれてないっぽいな。

「このデートって、言ってしまえば自分をアピールするための場なわけでしょ。だから、私は私の使える武器を最大限活用しているだけなんだけど。どう？」

言いながら、結月はさらにぎゅっと抱きついてくる。さっき以上の弾力が俺を襲った。

「どう、とは？」

「私のおっぱいの感触についての感想を訊《き》いているのよ」

周りには聞こえないように囁いているのは、せめてもの配慮だろうか。ならばこんな公共の場で、そういうことをするのはやめてほしいんだけど。しかし男としての本能が喜んでやがる。

く、悔しい。

「あ、歩きにくいから離れてくれると助かる」

「照れちゃって。お可愛いこと」

映画館までは十分くらいあれば到着する。

こんな調子だと映画館に到着するまでに疲れ切ってしまう。俺が敗北宣言をすると、結月は満足げな顔をして離れてくれた。これは気合いを入れないと、ずっとからかわれ続けるぞ。

それにしても、と思う。

一人のときより視線を感じる。俺を見ている、というよりは隣を歩く結月に向いているんだろうけど。気持ちは分かる、無理もないよ、芸能人顔負けのビジュアルだもん。

「おい、見ろよあの子めちゃくちゃ可愛いぞ」

「スタイル良すぎない？　マジ羨ましいんだけど」

「綺麗《きれい》すぎ。嫉妬するのも躊躇《ためら》っちゃう」

「隣の彼氏もかっこよー」

これが琴吹結月の隣を歩くということらしい。

すれ違う人それぞれが思い思いの言葉を口にする。朱夏の施しにより脱陰キャモードになっているおかげか、俺への悪口が飛び交っていない。助かった。

そんな感じで羨望《せんぼう》や嫉妬、殺意の注目を浴びること十分。映画館に到着した。

観たい映画があって劇場に来ることはこれまで何度もあったけれど、劇場に来てから観る映画を決めるというのは人生初めての経験だ。上映中の作品を一通り見て、俺は結月に視線を移す。

「琴吹は何か観たいのあったか?」

「誰かしら、そんな人知らないわ」

ふいと顔を背ける結月。

「……結月は、なにか観たい映画あった?」

陽花里のことを名前で呼んでいるところを見られてズルいだなんだと揉《も》め始めたので結月のことも名前で呼ぶと約束した。けど、実際に呼ぶとなるとまだ照れるんだよなぁ。

俺としては二人を呼び分けられればそれでいいんだけど、二人が納得してくれないので諦めよう。こういう妥協は、朱夏のわがままに付き合うときの感覚に似ていた。

「蒼くんは?」

「その呼び方照れるんだけど」

「そんなこと言われたら尚《なお》さら止《や》められないわ」

そう言って、結月は嗜虐《しぎゃく》的な笑みを浮かべる。うわお、たちが悪い。

「……俺はミステリ系とか結構好きなんだけど」

しかし、並んでいるタイトルを見た感じ、ミステリは上映していなそうだった。

国民的アニメの劇場版やホラー映画っぽいもの、動物の出る感動系やSFみたいなタイトルのもの。言ってしまえば、どれも面白そうに見えるんだけどこれという一作品はない。

「結月《ゆづき》は？」

「私は恋愛モノが好きね。あとは、まあ、ホラーとか」

ホラーか。ホラーねえ。

別に嫌いではないけど、苦手ではある。じわじわ怖い、みたいなのはいいんだけど、突然の大音量と同時に云々《うんぬん》みたいなのはめちゃくちゃびっくりしてしまうので疲れるのだ。

「ホラーよりは恋愛の方がいい気がするなあ」

そんなことを呟《つぶや》きながら、改めて上映作品一覧を眺める。恋愛映画っぽいのは一つだけあった。あったんだけど……。

「恋愛となると、あれかしら？」

結月の口角が上がる。にやにやしながら俺の方を見てきた。

俺をからかおうという気が満々なのが伝わってくる。

「……そうだな。あれ観るか？」

「へっ⁉」

その映画はポスターを見る限り、明らかに大人向けの内容だということが分かった。それぞれが別の方向を向く男女。その後ろでは裸になりベッドに入る姿が描かれている。そこから何となく濡《ぬ》れ場《ば》があることが予想できる。

高校生くらいになるとそういう知識も頭に入ってくるので、免疫がなければ照れてしまうのは仕方ない。どうせ俺がまたあたふたすると思ったのだろう。そうはいくかと頑張って反撃すると結月は分かりやすくテンパった顔をした。

「なんだ？　自分から言い出したんだろ？　まあ、別のがいいと言うのならそれでもいいけど」

俺がそう言うと、結月がむっとした顔をする。ああ、この子負けず嫌いなタイプなのか。

「そんなことないわ。余裕よ」

そんなわけで、その映画を観ることになってしまった。多分、初デートで観る映画ではないだろうなあ、と思いながらも、もう引っ込みがつかなくなってチケットを買ってしまう。

ああ、もう引き返せない。よく見るとR‐15指定されている。まあ、あんなアダルティなポスターなのだから、そうなのかなとは思っていたけど。

シアターに入り、本編が始まるまでの間、ほとんど会話はなかった。

なんか気まずかったし、なに話していいか急に分からなくなったのだ。シアター内が暗くなったとき、肘置きに置いていた俺の右手に結月が触れる。その瞬間にどきっとして反射的に手を動かしそうになったけど、それは何とか堪《こら》えた。

実際に映画を観てみると、今までR指定されている映画を観ることはあまりなかったけど、想像していたよりそういったシーンはなかった。想像より、という話なのでもちろんそれなりにはあったんだけど。

付き合ったりはしないけれど、大人の営みを通してそれぞれの胸の内を知っていき、トラウマと向き合い、克服していくという内容。濡れ場自体はエロいんだけど、内容そのものは卑猥《ひわい》さというか下品さを思わせないもので、エンドロールを眺める頃には俺の中に確かな満足感があった。

エンドロールが終わり、シアター内に明かりが灯《とも》る。この瞬間が何となく好きだ。

俺はすぐには立ち上がらなかった。余韻に浸るように、出口へ向かう人の中で少しの間スクリーンを眺めていた。

結月はどうだったろうか、と思いながら、ちらと彼女を横目で見る。

「……」

結月も俺と同じようにぼうっとスクリーンを眺めていた。

ただ……。

数秒、俺が彼女を見ていると、その視線に気づいたのか、彼女は恐る恐るといった様子でこっちを向いて口を開く。

「お、面白かったわね」

「顔、真っ赤だけど？」

顔どころか耳まで真っ赤だった。終盤に濡れ場シーンがあったからかな。

俺がからかうように言うと、結月は羞恥心が限界に達したような顔をした。

「ち、違うの！　暑かっただけなのっ！　それだけだからっ!!」

彼女の主張がシアター内にこだまする。

俺たちが最後で良かった。

＊

「私は寛子《ひろこ》と上手《うま》くいってほしかったわ。絶対にそっちの方が相性がよかったもの」

「いや、でも物語的にはあれが正解だと思うけどな。言いたいことは分かるけど、沙也加《さやか》エンドなのは納得だったよ」

それぞれ感想を口にしながら映画館を出る。

朝は軽く食べてきたけど、ちょうどお昼時なのでお腹《なか》も空いている。映画の感想はどこかに入ってからゆっくりとしようか。

「お昼、どっかで食べるか？」

「そうしましょう。もうちょっと映画のお話もしたいし」

「だな」

さて、そうなると何を食べるべきか。こういうときは男の方がスマートにお店を決めるべきなのかもしれないけれど、もちろん俺にそんなスキルはない。どうしたものかと悩んでいると、結月がスマホを見せてくる。

「美味《おい》しいパスタのお店があるの。よかったらそこに行かない？」

「いいね。そうしよう」

助かった、と胸を撫《な》で下ろす。

そんなわけで結月の案内のもと、そのお店を目指す。気づけば道中でまた映画の感想で盛り上がってしまう。俺は一人で映画を観《み》ることが多いので、こうやって感想を話し合える機会がほとんどない。なので、すごく楽しい。

歩くこと十分。結月の言うパスタ屋に到着したんだけど。

「……」

結月は扉の前で立ち尽くしていた。

扉には張り紙。そこには『臨時休業』と書かれていた。

「あの、えっと、ごめんなさい」

「いや、仕方ないよ。臨時休業だし結月は悪くないでしょ」

「ちょっと待ってね。すぐに別のお店を探すから……」

結月はわたわたとスマホを出して、焦《あせ》りながら別のお店を探し始める。

俺は彼女の手に自分の手を添えた。恥ずかしいけど、ここは頑張りどころだぞ、俺。

「そんなに焦らなくてもいいよ。二人でゆっくり探そう」

「でも」

「スケジュール通りにこなすスマートなデートもいいけどさ、こういうハプニングも笑って楽しめるようなデートも悪くないって。まあ、俺がエスコートしたらきっとこうなるから、その予防線みたいなもんなんだけど」

冗談めかして言ってみる。言葉自体は本音に近いけど。

結月は肩の力を抜いて、大好きなテディベアを抱き締める子どものような、温かな笑みを浮かべた。

「ありがとう。それじゃあ、一緒に探しましょうか」

それから二人で歩きながらお店を探した。時間が時間だったのでどこも混んでいて、最終的に行き着いたのは席がいっぱいあるチェーン店。初デートで行くには、少々物足りない場所だった。

俺はそこを選ぶことを躊躇《ためら》ったんだけど。

「ここにする？」

結月がそう言ってきた。

「いや、でもチェーン店だし」

デート経験のない俺でも、初デートでチェーン店はマイナス評価という話は聞いたことがある。なのでやっぱり別のお店の方がいいのではないか、という考えが頭をよぎった。

「いいわよ。私は気にしない」

「そうか？」

確かにこだわって店を選んでいると、いつまで経《た》っても入れない。このまま空腹でさらに歩くことになってしまう。結月がそう言うのであれば、俺としては全然いいんだけど。

「どこに行くかも確かに大事だけど。一番重要なのは誰といるか、でしょう？」

吹っ切れたように笑う結月。

その笑顔は、今日見たどの笑顔よりも素敵だと思った。

＊

映画を観て、少し遅めのランチを終えたところで時刻は午後二時になろうとしていた。

「名残惜しいけど、そろそろ時間ね」

時計を見て結月が呟く。

俺は何時までみたいな、今日の予定を詳しく聞いていない。二部制で二人と会うくらいのざっくりした情報しか知らされていなかった。

「そうなの？」

映画の話が盛り上がっただけに名残惜しさがあった。もう少し一緒にいたい、というこの気持ちは大切なものだよな。

俺は一人でいることが多いけれど、それは一人が好きというわけではなくて、ただ気が合うわけでもない相手と無理に一緒にいる必要性を感じていないだけなのだ。だから、基本的に一人でいる。

一人の時間も好きは好きだけど、気を遣わない相手ならば喜んで一緒にいたいとは思っ

ている。現に、日比野《ひびの》とは普通に話すし、たまにだけど休日に会うこともある。

「ええ。二時に交代なの。だからそろそろ駅に向かわないと」

だから。

話していて楽しいと思える相手は貴重だということを俺は知っている。

「またどこか行くか？」

結月《ゆづき》はどう思っただろう。

今日は俺の素を出したつもりだ。普通に友達に接するように、できるだけ気を遣わずにありのままの自分でいた。その結果、結月はどう思ったのだろう。楽しんでくれていたとは思う。

けど、楽しくなくて気持ちが冷めたのなら、それはそれで仕方ないことだ。

「いいの？」

結月はぱあっと表情を明るくする。

いつもは大人びていてクールな印象が強いのに、時折見せるこういう無邪気な笑顔にはギャップがあって素直に可愛《かわい》いと思う。それを口にするのはまだ難易度が高いから無理だけど。

「ああ。結月は今日、楽しかったか？」

「もちろんよ、すごく楽しかったわ。あなたのことを、もっと知りたくなった。蒼《あお》くんはどうだったかしら?」

俺は、どうなんだろう。彼女の言葉を頭の中で反芻《はんすう》した。

「俺も、きっと同じ気持ちだと思う」

「じゃあ付き合っちゃう?」

試すような声色と表情の結月。

「それはまだ早いって」

急に調子に乗るじゃん。俺が素早くツッコむと、なぜか結月は嬉《うれ》しそうだった。

「まだ、ね。そう言ってくれるということは、一回目のデートとしては上出来なのかしら。覚悟しててよね。いつか、ちゃんと蒼くんに好きって言わせてみせるから」

満足げに頷《うなず》きながら、結月はそんなことを言う。

まっすぐ俺に向けられた瞳からは彼女の覚悟というか、強さのようなものをひしひしと感じた。今日一日で分かった、彼女は本当に魅力的な女の子だ。だとすると、そんな未来も近い将来、訪れるかもしれないな。

そんな感じで結月との時間は終わり、駅まで一緒に行ったところで彼女と別れる。

二時五分前に到着した俺がしばし待っていると、突然視界が闇に包まれた。

「誰でしょう！」

「なにこの不毛なクイズ」

背中に胸が当たってるから離れてくれないかな。心拍数が上がってしんどい。

「だ・れ・で・しょ・う！」

「陽花里《ひかり》さん」

俺が答えると、後ろにいた陽花里が手を放し、ててて と前に回ってくる。

「正解です。あなたの琴吹《ことぶき》陽花里でした！　お待たせしましたか？」

「いや、そうでもない」

ブラウンの髪を揺らしながら、陽花里が姿を見せた。にっと笑うその顔は無邪気な子どものようだ。

少し大きめの白いパーカーに短パン。脚全体は黒のタイツに包まれている。なんというか、イメージ通りの私服だった。結月のときもそうだったけど、クラスメイトの私服姿ってなんかどきどきするな。

「それじゃあ行きましょう。楽しいデート、第二部のスタートです！」

＊

「……」

俺は驚きのあまり言葉を失っていた。

「蒼はなにか観たいものありますかー？」

陽花里の提案で、俺たちは映画館へとやってきた。

数時間前までここにいたんだけど、そのことはとりあえず伏せておくことにしよう。多分だけど、結月が映画を選んだということは知らないだろうし。

「まあ、これ以外なら」

俺は並んでいるポスターの中からさっき観た映画のポスターを指差しながら言う。

「これ、えっちな映画ですよね？　女の人と男の人が裸で抱き合ってます！」

「ポスターだけだとそう思うのも無理はないけど」

「あ、わかりましたよ。蒼はえっちな映画を女の子と観るのが恥ずかしいんですね？けど実際に観てみると内容は普通に面白いんだからね？」

ふふーん、とからかうような口調で陽花里が言ってくる。

「そうじゃない。観たことあるだけ」

「……蒼は一人でえっちな映画を観に来たんだ」

悲しそうな、申し訳なさそうな表情を見せる陽花里。

「なんで一人なの確定してるんだよ」

ちなみに、陽花里が俺のことを蒼と呼ぶようになったのは、結月の『蒼くん』というのを聞いて、『あ、ずるーい』みたいな流れがあったからだ。何言ってもどうせ名前で呼ばれるし、蒼くんより恥ずかしくないから諦めて受け入れた。

「別に見栄《みえ》を張らなくてもいいんですよ？　ちなみにわたしはこれが観《み》たいです！」

そう言って陽花里が指を差したのは『ブレイブ・マックス』という映画だった。

テレビでＣＭを見たことがある。心を持たないロボットと男の子の友情物語だったはずだ。

「いいんじゃないか」

「ほんとですか？」

「うん。普通に面白そう」

俺が言うと、陽花里はにししと笑い、「やったぁ」と分かりやすく喜んだ。

「ところで今さらなんだけど」

「はい？」

チケット売り場に向かう途中、俺は気になったことを訊《き》くことにした。少し前を上機嫌に歩いていた陽花里がこちらを振り返る。

「なんで映画を観に来たんだ？」

結月は『初デートは映画』というネットの情報を頼りに選んだそうだけど、これでもし陽花里の方もそんな理由だとしたら、俺は双子というものに感心してしまう。

「え、普通に観たい映画があったからですけど。他になにかあります？」

何言ってんの、みたいな顔をしながら陽花里はそう口にした。確かにそうだ。

「初デートですよ？　楽しい思い出にしたいじゃないですか」

「そりゃそうだけど」

「蒼にわたしの好きなものを知ってほしいんです。そして、蒼の好きなものを知りたいんですよ。だめでした？」

「いや、真っ当な理由で驚いた」

券売機でチケットを購入する。上映まで二十分ある。

けど、意外と時間はすぐに経つもので、喋《しゃべ》っているとシアターが開場された。今すぐ入っても上映開始までは待つことになるけど、まあ仕方ないだろう。

結月のときもそうだったけど、映画館って席と席の間隔が狭めだから、どうしても二人の距離が近くなる。こういうところも初デートにちょうどいいとされる所以《ゆえん》なのかもしれないな。

つまり今、どきどきしています。

可愛い女の子が隣にいるというシチュエーションに、そう簡単に慣れるはずもないだろ。そんな感じでそわそわしていると、それを不思議に思った陽花里がこっちを向いてこてんと首を傾《かし》げる。

「どうかしました？」

「いや、なんでも」

俺が誤魔化すと、陽花里はまあいいかみたいな感じの顔をする。そして、にこりと楽しそうに笑った。

「なんだか、距離が近くてどきどきしますね！」

僅かに頬を赤くしながらそんなことを言う陽花里を見て、俺はそれ以上に頬を赤くした。多分、赤くなっているだろう。顔熱いもん。なので見られないよう顔を逸《そ》らしながら返事をする。

「……そだね」

＊

『ブレイブ・マックス』は少年リックとマックスの友情物語だ。弱虫で逃げ癖のあるリックは友達からイジメられてばかりいた。そんなリックを心配した父がマックスを作り上げた。

マックスの中には高性能ＡＩが組み込まれていて、いろんなことを学んでいく。リックとマックスはまるで兄弟のように日々を過ごした。

ある日、リックがテロ事件に巻き込まれてしまう。リックを助けるためにマックスは彼のもとへと駆けつけ、一度は犯人を追い詰めるが最後の手段であった爆弾を使われ、マックスはリックを守るために盾となった。

マックスを失ったリックは塞ぎ込んだ。けれど、マックスとの思い出がリックを立ち上がらせた。マックスがいなくなったことを知り、再びリックはイジメの標的になったが、マックスから学んだ勇気を胸に、彼はイジメっ子に立ち向かう。

そしてクライマックス、勇気を知ったリックのもとへ修理が終わったマックスが戻ってきた。

「……」

ベタな物語といえばそれまでだけど、リックの心境が丁寧に描かれていたりマックスのキャラクター性がコメディチックで面白かったりと、笑いあり涙ありで面白かった。マックスが爆破からリックを守るシーンには目頭が熱くなってしまい、再会のシーンでは思わず涙が頬を伝った。陽花里はどうだったろう、と俺は横目で彼女の様子を窺《うかが》ってみた。

「ううううう……」

めちゃくちゃ泣いていた。

目頭が熱くなるとか、僅かに涙が頬を伝うとか、そういう次元ではなく号泣していた。人目も気にせず思う存分に感動を表現している。

「だ、大丈夫か？」

「めちゃぐぢゃ感動じまじだ」

ずず、と鼻をすすりながら陽花里は返事をくれる。エンドロールが終わり場内が明るくなると、ぞろぞろと人が出口へ向かって歩き出すが、どうやらもう少しかかりそうだ。

「これ使うか？」

俺はカバンの中からポケットティッシュを取り出し陽花里に渡す。彼女はそれを受け取り、すびびと鼻をかんだ。場内の人があらかた出ていき、どうやら俺たちが最後になりそうだ。

「お待たせしました。行きましょうか」

ようやく落ち着いたらしい陽花里がゆっくりと立ち上がる。俺もそれに続いた。

「どうでしたか？」

隣を歩く陽花里がじいっと俺の顔を覗《のぞ》き込んできた。丸い瞳は綺麗《きれい》に輝き、その周りは僅かに赤く腫れている。

「面白かった。最後はちょっと泣けたよ」

「ですよね！　わたしもちょっと泣けちゃいました！」

「ちょっとじゃなかったが？」

俺がからかうようにツッコむと、陽花里はあははと顔を赤くした。喜怒哀楽が分かりやすく、裏表がないので一緒にいて気持ちが楽だな。

「ま、まあ楽しんでいただけたのなら良かったです！」

映画館を出た俺たちは近くの喫茶店に入ることにした。お昼は食べたので軽くお茶でもしようという話になり、近くにあったお店に適当に入った。事前にあれこれと調べる結月《ゆづき》に対し、陽花里は直感的に物事を楽しんでいるようだ。

「ここ、この前奈々《なな》ちゃんがおすすめしてたので、一度来てみたかったんですよね」

「奈々ちゃん？」

俺が首を傾げると陽花里が嘘《うそ》でしょみたいな顔をする。

「クラスメイトですよ？」

「男子でも曖昧なのに、女子の下の名前なんて覚えてるはずないだろ」

「でも、わたしの名前は知ってましたよね？」

んんー？　と、顔を覗き込まれる。

「双子の琴吹《ことぶき》姉妹は有名だったし、さすがに名前くらい覚えるよ」

「なるほどです！」

店内は落ち着いた雰囲気で、ジャズが流れている。お客さんはそれなりにいるけど、不思議と店内は静かだ。話し声はするんだけど、騒がしくない。お客みんなが空気の読める人なんだろう。なので、自然と俺たちも声を潜めてしまう。

「ここはショートケーキが美味《おい》しいみたいですよ」

「そうなんだ。じゃあショートケーキにしようかな」

初めてのお店は、基本的におすすめを選ぶ派である。

「おお、決めるの早いですね。わたしはどうしようかなぁ」

「おすすめなんだし、ショートケーキでいいんじゃないの？」

「そうなんですけど。でも、モンブランも食べたくて」

むむむ、と眉をひそめながら唸《うな》る陽花里《ひかり》。朱夏《しゅか》もよくこんな感じで悩んだよな。あいつの場合はすぐに『よし、あたしがこれ頼むから、お兄ちゃんはこっち頼んで？』と提案してくるんだけど。

「嫌じゃなければ、俺のショートケーキ一口食べるか？」

「はぇ？」

これ、自分で提案するの結構恥ずかしいな。だから、ついぼそぼそとした話し方になってしまい、陽花里が首を傾げる。

「その、なんだ、シェアってやつ？　朱夏とはよくするからさ。陽花里が嫌じゃなければ……」

「それはグッドアイデアです！」

「声抑えて」

言うと、あわわと陽花里は自分の口を押さえた。

店員さんを呼んで注文を済ませる。ケーキが届くまでの間、俺たちは映画の感想を語り合った。楽しそうに映画の話をする陽花里の姿を見ていると、自然と笑顔になってしまう。

しばらくすると、ケーキが運ばれてきた。

俺の前にはショートケーキとカフェオレ。陽花里の前にモンブランとオレンジジュースが置かれる。

「それじゃあ、とりあえずこっち食べるか？」

「いいですか？　それじゃあ、お願いします」

あーん、と陽花里が目を閉じ口を開けてショートケーキを待つ。

え、これ俺が食べさせる感じなの？　思ってたのと違う。朱夏はいつも俺の頼んだものの三分の二くらいを許可なく当たり前のように持っていくのに。

「ははへふは？」

「自分で食べてくれたりしないの？」

さすがに恥ずかしいのでそう言ってみる。

すると、陽花里は一度口を閉じて、閉じていた目をぱちりと開く。

「蒼《あお》に食べさせてほしいので。あーん」

それだけ言って、再び口を開く。

強情なところは姉妹よく似ている。ここは諦めて従うのが一番早いか。なんかこの手の妥協をすること多くない？

「いくぞ」

　意を決して、俺はケーキを一口サイズに切ってフォークで陽花里の口まで運ぶ。彼女は口元にケーキの存在を確かめてから、ぱくりと口を閉じる。

　むぐむぐと味わってからケーキを飲み込んだ陽花里が目を開けた。

「すっごく美味しいです。これはきっと、蒼に食べさせてもらったからでしょうねー？」

「そんなんで変わるはずないだろ」

「そんなことないですよ。試してみますか？　はい、あーん」

「しまった！　嵌《は》められたッ！」

　にやにやと笑いながら、一口サイズに切ったモンブランを差し出してきた陽花里。きっと確信犯だ。どうせこれも食べるまで終わらないだろうし、覚悟を決めてぱくりとモンブランを口にする。

「どうですか？　美味しいですか？」

「……まあ、どうだろうね」

「わからないなら仕方ないですね。もう一口……」

「うそうそ！　すっごく美味しい！」

「声、抑えたほうがいいのでは？」

「あ」

＊

映画を観《み》て、喫茶店で他愛ない話に花を咲かせて、気づけば時刻は十七時を回っていた。

この時間に暗くなってくると、冬の到来を感じる。あまり長居するのもどうかと思い喫茶店を出た。今日のスケジュールは一から十まで任せてあるので、俺は陽花里を振り返る。

「これからどうするんだ？　もう解散か？」

「えっとですね」

陽花里が腕時計で時間を確認する。

うーんと唸って、そして何か決まったのか、うんうんと頷《うなず》いた。

「せっかくなので晩ご飯でも……「約束が違うでしょ！」

陽花里の言葉を遮るように現れたのは結月だった。この子、帰ったんじゃなかったの？

「結月!?」

陽花里が驚いた声を漏らし、数歩後ずさる。随分と動揺している様子だ。

「お互いデートの時間は決めていたでしょう？　これから晩ご飯に行くと、明らかにオーバーすると思うのだけれど？」

　迫力のある表情と声色に陽花里はあわわと怯《おび》えている。俺はというと、言葉も出せずにただ見守っていることしかできない。まだ結月が出てきたことを脳が処理し切れていないのだ。

「ちちちちがうよ。結月はもう帰ったから、延長しても誰にもバレないなって思っただけだよ！」

「なにも違わないじゃない！　抜け駆けは許さないわ！」

「ひえぇぇ」

　言い合いながらも、雰囲気はどこか和やかだった。結月も本気で怒っているわけじゃなさそう。

「私に先攻を譲ったときから怪しいと思っていたけど、こういうことを企《たくら》んでいたのね。念のために尾行していて正解だったわ」

　ナチュラルにストーキングをカミングアウトしやがった。

「ずっと見てたの⁉」

「遠くからね」

「だめだよ、そんなことしちゃ！」

「あなたに言われたくないわ！」

姉妹喧嘩《げんか》がエスカレートしていきそうだったので、ここで俺はようやく口を挟むことにした。

「一旦落ち着け。こんなところで言い合いしてもなんだし」

俺の言葉に二人はこちらを振り返る。その瞳はきらきらしていて、どこか期待を孕《はら》んでいるように見えた。二人の考えは分かっている。言われるまでもないさ。

だから、俺はこう告げる。

「今日のところは解散ということで」

「ここは三人でご飯に行く流れなのでは⁉」

「私もてっきりそうだとばかり！」

驚きとショックが入り混じった二人の言うことは分かるけど、さすがにここから二人相手にご飯というのは荷が重い。慣れないこととして今日は活動限界ギリギリまで体力を消耗しているのだ。

「それはまた、次の機会にということで」

というわけで、本日は解散！

第三話　琴吹家へようこそ

「へえーいいじゃない、デートなんて羨ましい。それも相手があの美人の双子姉妹なんて。けど、この話が漏れれば桐島《きりしま》は漏れなく世の男子から半殺しだろうね」

「これお前にしか言ってないからな。漏れてたら犯人特定できるからな？」

「私が言うとでも？」

「言うじゃん。面白半分で」

「いやいや、面白半分なんて滅相もない。半分どころか面白全部だよ」

「たち悪いって」

週明けの昼休み、俺は日比野《ひびの》と弁当をつついていた。

俺も日比野も友達が多いタイプではないので、昼休みは大抵こうして一緒に昼飯を食う。食ったあとも一緒にいるのかと言えばそんなことはない。各々《おのおの》好きなことをする。

「けど、デートには行ったんだね。それはそれで意外だったよ」

プチトマトを食べながら日比野が言う。彼女の弁当はサラダパスタみたいな感じで、白米やおかずは入っていない。本人から直接聞いたわけではないが、恐らくベジタリアンだ。

「そうか？」

「うん。他の平凡な女子ならともかく、あの二人とデートをしたとなればクラスメイトどころか校内の男子が騒ぐよ。だから、目立つことを好まない桐島にしては大胆な行動だなって」

「だから誰にも知られないように二人にも口止めしてる。お前が誰かに言わなければ漏れることはない」

「言わないよ。桐島がいなくなったら、私は誰とこうしてお昼を食べたらいいのさ」

「漏れたら俺が死ぬの確定なの？」

「死ぬは大袈裟《おおげさ》かな。せいぜい病院送りってところじゃない？」

「十分アウトじゃん」

俺ならばサラダパスタなんて五分と経《た》たずに完食してしまいそうなものだけど、日比野はそれをちまちまと食べていた。俺が弁当の半分を食べ終わっているのに、彼女はまだそれ以上に残っている。

「それで、付き合うの？」

「どうだろうな。付き合うってなったら、俺はどっちかを選ばないといけないだろ」

考えてみればそうなのだ。

あの二人から言い寄られ、お互いを知るためにデートをした。その結果、俺はさらに迷うことになってしまっている。困ったことに、二人とも楽しい時間を過ごせてしまったのだ。

「まあ、そうなるね。なんて贅沢《ぜいたく》な話なんだろう」

言いながら、日比野は教室の中にいる琴吹《ことぶき》姉妹をちらと見た。

二人はグループ自体は別らしく、お昼はそれぞれの友達と食べている。グループには女子しかいないが、男子生徒は常にタイミングを窺《うかが》っているようだ。さながらそれは獲物を狙うハイエナのよう。

「いっそのこと、二人と付き合ってしまえばいいんじゃない？」

「二股じゃん」

なに言ってんだよ、と俺がツッコむと日比野はブロッコリーをぱくりと食べながらおかしそうに笑った。

「多様性の時代だよ。恋愛の在り方も人それぞれだって」

「多様性って言葉つかえばなんでも許されると思うなよ」

とはいえ、昔に比べると確かに世の中では様々なものが受け入れられ始めている。というよりは、受け入れないといけない風潮ができつつある。けど、二股はダメでしょ、やっぱり。

「当人同士がそれを最善だと思うのなら、他人が何て言おうと知ったこっちゃないと思うけどね、私は」

「でも、結婚とかはできないじゃん」

「桐島は高校生のときから結婚とか考えちゃう重めの男だったんだね」

なんでちょっと引いてんだよ。

そのリアクションに俺が引いていると、日比野はやはりくすくすと笑う。

「さすがに重婚は認められてないから、結婚となると難しいよ。でも、まだ高校生だし、そんなこと気にせず、とりあえずって選択肢で付き合えばいいんじゃないかな」

「なんか不誠実じゃないか？　一人に絞れないから二人と付き合うなんて」

「それは桐島のやり方一つでしょ。それに私は最初に言ったよ、当人同士がそれを最善だと思うのならってね」

二人とも好きだから、二人と付き合う。それは理想論だ。けど、そんなことがあっていいのかという考えが道を阻《はば》む。

先日、二人とデートをして感じたけれど、本当にいい子たちだった。やり方は違ったけど、二人とも俺のことを考えてくれていた。それだけじゃなくて、一緒にいる時間は楽しくて、本当に有意義だったのだ。

どちらかを選べないから二人と付き合うというのが不誠実であるならば、一体どうすることが誠実と言えるのだろうか。考えてみても、俺はその答えに辿《たど》り着《つ》けない。

「選ぶのは桐島だよ。私が言いたいことは結局のところ、彼女ができても私の友達はやめないでねってことだけ」

「そんなことは言ってなかったろ。けど、それはないよ。絶対にない」

軽い調子で言う日比野に俺は真面目なトーンで返す。

日比野と出会ったのは中学三年のとき。なので、まだ一年ちょっとの付き合いだ。けど、日比野の隣は俺にとって、気を休めることができる大切な場所なのだ。

もしかしたら、本当ならそのポジションには同性がいるべきなのかもしれないが、それは言っても仕方がない。この先、どんなことがあっても、俺の心の休息所がここであることは変わらない。

＊

部活に入っていなければアルバイトもしていないので、放課後はすぐに家に帰ることがほとんどだ。たまに寄り道することがあっても本屋で目的の本を買ったりする程度なので、結局わりと早い時間に家に帰ることになる。

どうにも時間を有効活用できていない気がする。結月《ゆづき》や陽花里《ひかり》と会うようになって、以前よりも出費がかさむようになったのでアルバイトとかを始めてもいいのかもしれない。

なんてことを考えながら、今日も今日とていつもの時間に自宅の最寄り駅に到着した。

「あら、蒼《あお》くん。こんなところで奇遇ね」

「いや絶対奇遇じゃないでしょ」

改札を出てすぐのところにある柱にもたれかかっていた結月が、柱から背中を離して白々しく声をかけてくる。

ここは俺の家の最寄り駅で、結月たちの最寄り駅はもう少し先のはずだ。

「そうね、間違えたわ。奇遇じゃなくて運命だった」

「違うよ。そういうの待ち伏せって言うんだよ」

俺が言うと結月はふふっと笑う。何か変なこと言ったか？

「蒼くんってば、私がここにいるという事実だけで、自分を待っていると思ってしまったのね。私に好意を寄せられている自覚がようやく花を咲かせ始めているようで安心したわ」

確かに彼女の言うとおりだった。

ここにいるからといって、絶対に俺を待っているという確証はない。

「確かに早計だった。じゃあ、結月はどうしてここにいるんだ？」

「もちろん蒼くんを待ってたからよ」

「俺の反省を返してくれ」

なんだったんださっきの不毛なやり取りは。

俺が思いどおりのリアクションを見せたからか、結月はくすくすと肩を揺らす。

「ていうか、なんで駅前？　しかも俺の最寄りの」

「蒼くんの、人目のあるところでは話しかけないでっていう言いつけを忠実に守ったのよ。わんわん」

感情のこもっていない棒読みな犬の鳴き真似《まね》をしながらそんなことを言う結月。

そう言われるとこちらとしても返す言葉がない。けど。

「連絡とかしてくれたらよかったのに。先に帰ってたらどうするつもりだったんだよ？」

「蒼くんよりも先に教室を出たしそこは心配していなかったわ。私史上最速の帰宅だったもの」

確かにめちゃくちゃ急いで帰り支度してたな。視界の中で珍しい行動を取っていたから覚えている。

「それで、せっかくだしサプライズを仕掛けようと思って連絡をしなかったのよ」

「サプライズ？」

「そう。私がここで待っているっていうね。どう？　驚いてくれたかしら？」

「そりゃ、驚きはしたけど」

まさかこんなところで遭遇するとは思ってもいなかったからな。

「待ってたってことは何か用事があるんだよな？」

「ええ。けど、外で話すのもなんだし、どこかに入りましょう？」

にこ、と笑って歩き始める結月。

俺はそれについていく。最近少し冷えてきたもんな。夏の面影は消えてなくなり、秋に突入したかと思えば、冬が時折ちらちらと顔を覗《のぞ》かせる季節だ。

「ここら辺ってなにかある？」

駅を出たところで結月がこちらを振り返る。

「ちょっと歩いたところにカフェがあったな。入ったことはないけど」

「じゃあそこにしましょう。こうして私は蒼くんと放課後デートにありつくのであった」

なんだその語り口調は。

そんなわけで俺たちはカフェに移動した。

到着し注文を済ませた俺たちは、ドリンクを受け取って空いている席に腰を下ろす。

「蒼くん、蒼くん」

ふう、と一息ついていると結月がひそひそと声をかけてきた。

そちらを向くとカメラを構えていた。腕を伸ばして画面をこちらに向けている。自撮りってやつだ。

「写真を撮りましょう」

「え、なんで」

「いいから。一枚だけ。ね？　いいでしょ？　ちょっとだけだから。絶対後悔させないから」

「変な言い方するな。まあ、一枚くらいならいいけど」

あんまり写真って好きじゃないんだけど。というか、得意じゃない。

どういう顔をしたらいいか分からないんだよな。笑顔でって言われてもそんな簡単に笑顔なんか作れないし……とか考えていたらパシャリとシャッターが切られる。

「蒼くん、笑顔がぎこちない」

「慣れてないんだよ」

「まあいいわ。これ、陽花里に送るわね」

「なんで」

「マウントを取ろうと思って」

「なんで自ら争いの種を撒《ま》くんだよ」

面倒事になる気しかしない。そんなこと言ってる間に写真を送り終えたのか結月がスマホをテーブルに置いた。

「それでね、今日はちょっと相談があるの」

さっきまでと打って変わって、雰囲気は真面目モードだ。

「相談？」

珍しい言い方に俺はオウム返しした。

結月はそれにこくりと頷《うなず》き、ドリンクに口をつける。

「蒼くんは私たちのお母さんを助けてくれたじゃない？」

「まあ、そうだな」

「私はそんな蒼くんにこれでもかというくらいに感謝してるわけなんだけど」

「うん」

「陽花里も、私にちょっと劣るくらいの感謝をしているわけなんだけど」

「同じでいいじゃん別に」

俺のツッコミを気にもせず、結月がその宝石のようにきらきらとしている灰色の瞳をこちらに向けた。若干の上目遣いが俺の心臓をドクンドクンと叩《たた》いてくる。

「お父さんもね、蒼くんに感謝してるのよ」

「んん?」

想像の斜め上の発言に俺は思わず眉をひそめてしまう。

「お父さんもね、蒼くんに感謝してるの」

俺の怪訝《けげん》なリアクションに、結月が同じ言葉を繰り返す。

「いや、聞こえてたけど。それで?」

嫌な予感がするなあ、と思いながらも話の続きを聞かないわけにはいかず、俺は先を促す。

「お父さんが蒼くんに直接お礼がしたいと言ってるわ」

「いや、さすがにそれは」

あんまりお礼の場というのは得意じゃない上に、相手が結月や陽花里の父親ときたらさすがに躊躇《ためら》ってしまう。なので、できることならお断りしたい。気持ちだけ受け取って終わりたい。

俺の反応に結月はにやにやと笑う。

「なにその笑い」

「いえ、予想通りの反応をしてくれたから」

「予想してたなら、いい感じに断ってくれると助かるんだけど」

「蒼くんはそう言うだろうと思って、これまで父を抑えてはいたのよ。けど、私と陽花里ではもうどうしようもないところまで来てしまったの」

「えぇ……」

なにそれ。どういう状況なら、どうしようもないという表現になるんだ？

「三日ほど前から、帰宅すると蒼くんに会わせろと暴れるようになったわ」

「どうしようもないところまできてるな⁉」

暴れるっていうのはさすがに冗談だと思うけど。冗談だよね？

「私も陽花里ももう限界なの。ここは私たちを助けると思って、父に会ってくれないかしら？」

「そうすると、また俺に助けられたことになるけど？」

「そうなればまた改めてお礼をするわ！」

「そこまで込みの作戦か⁉」

結月は瞳を輝かせて前のめりに言ってくる。

しかし、こんな調子ではあるけれど困っているのは事実なのだろう。その証拠に、冗談だとは一言も口にしない。

俺が二人のお母さんを助けたのは少し前のことだ。

にも拘《かか》わらず、このお願いを今頃のタイミングでしてくるということは、本当に結月と陽花里は俺のためにお父さんを止めてくれていたのだろう。そこまでしてもらっていて、俺だけ何もしないというわけにはいかない。

「会うだけでいいんだよな？」

「いいの？」

「それしかないんだろうし」

結月と陽花里も俺に対しての感謝はこれでもかと示してきた。そんな二人の父親であればそういうふうに言い出しても不思議ではない。これはきっと、いつかぶつかるであろう問題だったのだ。

「ありがとう。ほんっとうに助かるわ」

「お父さんまじで何したんだよ」

結月《ゆづき》の本気の感謝に、俺の中の琴吹《ことぶき》父の人物像が揺らぐ。怖い人じゃ、ないよな？

「お礼と言ってはなんだけど、私にできることならなんでもするわ。なにがいい？　蒼《あお》くんが己の恥ずかしい欲望を剝《む》き出《だ》しにしても受け止めきれる自信しかないから遠慮しないで何でも言って？」

「なにその根拠のない自信」

いらないと言っても納得しないだろうと思い、俺はケーキを奢《おご》ってもらった。けど結局結月は不満げだった。なにを言ってほしかったのかは訊《き》かないでおいた。

それから少しして店を出る。入ったときと比べると、辺りは少し暗くなっていた。

「――おー」

結月を駅まで送っていると、微《かす》かに陽花里《ひかり》の声が聞こえたような気がした。

こんなところに彼女がいるはずない。さすがに気のせいだろ、と思ったんだけど。

「あーおー」

やっぱり聞こえた。気のせいじゃない。どこにいるんだ、と俺は陽花里の姿を捜す。

すると、駅の方からこっちに向かって走ってきていた。めちゃくちゃ全力疾走で。

「なんで陽花里が？」

隣の結月に尋ねる。

「私のマウントメールを見たからでしょうね」

結月は淡々と答えた。でしょうね、じゃなくてさ。

こちらに接近する陽花里のスピードは緩まない。ブレーキって知らないの？

「あ、あと」

思い出したように結月が言う。陽花里はもうすぐそこまでやってきている。

「蒼くんがお父さんに会ってくれるっていうのは一応陽花里に言っておいたから」

「なんかこれデジャ――」

俺が言い切る前に。

「ありがとうございますーっ！」

陽花里が全速力のまま、思いっきり抱きついてきた。

その勢いに耐えられなかった俺はそのまま倒されてしまう。

「だから、それ……」

……タックルなんだって。

＊

「ねえお兄ちゃん」

「人の部屋にノックもせずに入ってくるなり兄を踏みつけるな」

俺がカーペットに座り読書をしていると、妹の朱夏《しゅか》が突然部屋に入ってきたかと思えば足を俺の肩に乗せてくる。重たい。

「女の子とデートをしてから、一向に報告がないいんだけどどういうことなのかな？　かな？」

「ぐりぐりするな」

俺が朱夏の足を払いのけると、彼女はバランスを崩す。転倒まではいかず、体勢を立て直した朱夏はなおも腕を組んでふんぞり返っていた。

結月と陽花里とデートをする前、朱夏に少しだけ話をした。というか、琴吹の母が助かったという報告を始めたら、いろいろ聞かれてバレてしまったと言ったほうが正しい。

「恋愛事情を妹に逐一報告する義務はない」

「でも、あたしの働きがなければ、お兄ちゃんは今頃クソダサファッション野郎というレッテルを貼られて終了していたに違いないよ。あんな服でデートに来たら百年の恋も冷めちゃうからね。つまり、少なからず協力をしたの。なので、その結果報告を聞く権利はあるはず！」

「言い返せねえ……」

結果論ではあるがあの日、朱夏が服を一緒に買いに行ってなかったら、きっと言った通りになっていただろう。あるいは、二人ならばそれさえも受け入れていた可能性もあるが。

なので、俺はある程度誤魔化しつつ話すことにした。とりあえず相手が二人ということは伏せつつ、デートであったことを話していく。映画を観《み》て、お昼を食べて、もう一度映画を観に行って、喫茶店でお茶して解散したことを言うと妹は盛大に眉をひそめた。

「なんで二回も映画観たの？」

「映画を観ようと言われたから」

「映画好きなの？」

「さあ」

「はあ？」

さらに険しくなる。

嘘《うそ》をつくとどこかしらで破綻してバレるのが関の山なので、デートをしたのが二人という点だけを伏せて報告してみたところ、そんな感じになった。朱夏のリアクションは至極正しい。

「初デートは映画だって相場が決まってるんだって」

「だからって、二回も観る必要はなくない？」

「変わった人なんだよ」

「変わった人なんだね」

そうは言いつつも、まあいいやと適当に納得してしまえる雑さは朱夏のいいところだ。

「付き合うことにしたの？」

「いや、まだ」

「どうして？　多少変な人でもよくない？　可愛《かわい》くないの？」

「いや、容姿だけで言えばクラスでもトップレベルだと思うぞ」

立っているのに疲れたのか、朱夏は勉強机のイスに腰掛ける。どうやら本腰入れて話そうというつもりらしい。なんて迷惑なことでしょう。なので俺もラノベを閉じる。

「もしかして、お兄ちゃんはまたいつもの『俺なんて病』を発動してるの？」

「なんだよ、そのいつものって」

俺が訊き返すと、朱夏ははあと大きな溜息《ためいき》をついて肩を落とした。

「お兄ちゃんってどうしてか自己評価低いじゃん?」

「いやいや、妥当な評価だよ」

朱夏はさらに盛大な溜息をつく。

「あのねお兄ちゃん、本当にくそみたいな人間は人を助けようとはしないんだよ。例えそれが誰かの教えであっても、それに従ったりしないもん。くそみたいな人間じゃないのに、自分をくそみたいな人間だって言うのは謙遜とは言わないよ。卑屈って言うの」

俺の妹が聡明《そうめい》すぎる。俺より歳下《としした》の言葉とは思えないぞ。

「あたしブラコンじゃないけどさ、ブラコンとは程遠いくらいノーマルだけどさ、それでもお兄ちゃんはちゃんとしたらちゃんとした人間だと思ってるんだよ?」

ぴょん、とイスから降りた朱夏がしゃがんで俺と視線を合わせる。じいっと俺を見てくるその瞳は澄んでいて、その言葉に偽りがないことが伝わってきた。

「女の子は自信のある男の子に惹《ひ》かれるんだから、いつまでもそんな感じでいると見放されちゃうよ? もっと胸張らないと」

「俺、そんな感じに見える?」

「うん」

即答だった。

なんの迷いもなく頷《うなず》きやがった。

「そりゃ、自信とかはあんまりないかもしれないけど」

自信を持てと言われても、それを持つための根拠がない。世の人々はどうやって自信を構築しているのだろうか。

「自慢しろとは言わないけどさぁ、あたしのお兄ちゃんなんだから、もうちょっとしっかりしてほしいというか……あたしが友達に自慢してるお兄ちゃんであってほしいんだよね」

「なにそれ」

ごにょごにょと口を濁らせながら言った後半の言葉はよく分からなかった。

聞いても朱夏はかぶりを振るだけだったが。

「別になんでもない。とにかく、お兄ちゃんもついに変わるときがきたんだよ！」

ビシッと指を差してくる。

確かに、今はまだ好かれているけれど、この先どうなるかは分からない。

俺よりも格好いい男が現れればそいつに目移りしてしまう可能性だってある。むしろその可能性の方が高いだろう。俺が本気になったときにそうなるのは、さすがに辛《つら》い。

「とりあえず脱陰キャを目指そう！」

「いや、でも俺パリピにはなれないよ。ウェイの呪文一つで盛り上がれるような陽キャの血は流れてないもの」

「考え方が極端すぎるよ。そこまでは言ってない。ウェーイとか言ってるお兄ちゃんなんか絶縁ものだし。もちろん前向きになるのは大事だけど、そうじゃなくてさ」

「そうじゃなくて？」

「とりあえず、その陰キャモードを卒業しよう！」

説明しよう。

朱夏の言うところの陰キャモードとは、髪をだらしなく放置しメガネを掛けた状態の俺のことである。つまり、いつもの俺である。朱夏はこの陰キャモードのことを良く思っておらず、一緒に出かける際には彼女直々にプロデュースをして身なりを整えるのだ。ちなみにその姿は脱陰キャモードと呼ばれている。どうでもいいな。

「どうやって？」

「そんなの知らない。とりあえず筋トレでもすれば？　自分を変える第一歩って言えば大抵は筋トレでしょ？」

「そんなことないだろ」

そんな話をしていたとき、唐突に思い出す。

「そういえば、今週の土曜って空いてる？」

本当に唐突な質問に、朱夏は急にどうしたという顔をする。

「んー？　内容によるかな。お兄ちゃんとデートっていうなら今から全力で何か予定入れる」

「どんだけ俺と出掛けるの嫌なんだよ」

そのくせ月に一度はこき使うんだよな。俺の妹がツンデレすぎる。

しかし、どう話せばいいんだろうか。俺は先日のことを思い出しながら、頭の中で言葉を並べていく。

「俺たちが助けた例の女性いるだろ？」

「お兄ちゃんのデート相手のお母さんだよね？」

そう、と俺は頷く。

「なんか、そこのお父上が俺たちにお礼がしたいって言ってるらしいんだよ」

放課後の結月《ゆづき》との会話を思い出す。

もともとお礼を好まない俺のことを思って、やんわりと流してくれていたみたいだけど、それも限界が来たらしい。そして、どうしようもなくなった結月は俺に確認してきた。そこまでしてもらったことを聞かされると、さすがに断るのも申し訳なく思い、お父さんに会うことを承諾したのだ。

「なるほどね」

「だから空いてるなら土曜に一緒に来ないかなって。お父上的にも俺たち二人を望んでいるらしいし」

俺としてはぜひとも来てほしいところだ。ただでさえ、お礼だなんだという堅苦しい空気感が苦手なのに、さらに相手が結月や陽花里《ひかり》のお父さんとくれば躊躇《ためら》ってしまうのも無理はないだろ。普通に緊張する。

俺の提案を聞いた朱夏は、ふむふむと数回頷いたあとに笑顔を浮かべた。

「その日はなにか予定が入りそうだからパスしとこうかな。お兄ちゃんひとりで行ってきて？」

「予定ないなら一緒に来てくれよ」

きっぱりと断ってくる朱夏に食い下がってみるが。

「んー、お礼とかそういう堅苦しいのはちょっとね」

さすがは俺の妹……というか、父さんの娘だ。考えることは同じである。

「それに、その、なんだっけ、お兄ちゃんのガールフレンドの人だって、お兄ちゃんだけのほうがいろいろと嬉《うれ》しいでしょ？」

「別に、そんなことはないと思うけど」

「とにかく、あたしはパスね。あたしの分まで存分に感謝されてきて？」

こうなった朱夏は頑として意見を変えない。

こうなったら仕方ない。覚悟を決めるしかないか。

＊

「……憂鬱だ」

俺は今、高層マンションの前にやってきていた。自分よりも遥《はる》かに高い建物を見上げながら盛大な溜息をつく。全然覚悟とか決まらないまま当日を迎えてしまった。

この高層マンションに琴吹《ことぶき》家があるらしい。お金持ちなのかな。

そんなことを考えながらスマホを手にしてラインを開く。

一番上にあった結月とのトーク画面を開き、到着した旨《むね》を連絡する。

多分、ここで心の準備ができるまで待っていたら日が暮れる。なので、いっそのこと連絡を済ませ、強制的にイベントを開始させたほうがいいだろう。

しばらく待っているとマンションの電動ゲートが開き、中から結月と陽花里がやってきた。

「お待たせ、蒼《あお》くん」

「今日はありがとうございます」

二人とも笑顔で迎えてくれる。これから向かう場所のことを考えると、結月と陽花里の顔を見るだけで不思議と安心してしまう。少なくとも二人は味方のはずだし。いや別にお父様が敵というわけではないんだけど。

結月は大きめのパーカーにジーンズと、いつものイメージとは少し異なるボーイッシュな感じの服装だった。家ではこういう系統の服を着ているのだろうか。もちろん似合っている。

対して、陽花里はオーバーオールのジーンズに白のロングシャツ。自分に似合う服がどんなものなのかをちゃんと理解しているようなチョイスだ。言うまでもなく似合っている。

俺はというと、代わり映えのしない白シャツと黒のスキニーだ。前回のデートと同様に黒のジャケットも羽織っている。これしか持ってないんだから仕方ないじゃないか。

「なんで陽花里がいるんだ？」

ふと思ったことをそのまま口にすると、結月がこめかみに手を当てながら困ったように溜息をついた。

「迎えに行くだけだから、私だけでいいって言ったんだけど聞かなくて」

「わたしが行くから、結月は待ってていいよって言ったよ？」

「蒼くんは私に連絡をくれたのよ。私が行くのが普通でしょ」

「なんでわたしに連絡してくれなかったんですかっ⁉」

バチバチと火花を散らしながら言い合っていたかと思えば、突然こちらに飛び火がくる。むう、と陽花里は頬を膨らませながら俺を睨《にら》んでくる。迫力がなさすぎて微塵《みじん》も怖くないのが残念なところ。

「いや別に深い理由はなくて」

「もしかしてこの前のデートの評価が影響してます⁉」

「それはしてない」

「ほんとうですか？」

訝《いぶか》しむ視線を向けてくる陽花里。

「この前のデートは、二人とも同じくらい楽しかったから。そこに優劣はないよ」

本音を口にすると、陽花里だけでなく結月も「うへへ」とだらしなく笑う。少しして、ハッと目的を思い出した陽花里が再度こちらを向いた。

「これからはわたしに連絡してくださいね？」

「ちょっと陽花里、それは聞き捨てならないわ。蒼くん、これからも私でいいからね」

これはもう収拾がつかない。結月に送れば陽花里が文句を言い、陽花里に送れば結月が怒る。

なので、俺は三人のトークグループを作ることにした。これでとりあえず、どっちに送るか問題は解決だろう。グループの作り方は分からないので、そこは任せた。

「こんなところで立ち話もなんだし、そろそろ行きましょうか」

「ああ、うん」

いつもの調子の二人と話すことで一時的になくなっていた緊張が、再び姿を見せる。

結月は先に行ってしまう。残された俺は、速くなる鼓動を落ち着かせようと小さく深呼吸した。それでも心臓は落ち着いてくれない。

「緊張してますか?」

「そりゃするでしょ」

考えてみれば、お礼をしてもらうという名目なので、あちらもウェルカムムードではあるはずなんだけど、お礼とか二人の親とかそういうの抜きにしても、そもそも俺は友達の家というものが得意じゃない。家の中なのに、漂い続けるあのアウェイ感がどうにも居心地悪いのだ。

「じゃあ、手を繋《つな》いであげます」

「なん、で」

俺が言い切る前に陽花里は俺の左手を握ってくる。動揺して思わず言葉が途切れてしまった。

「こうすれば、わたしは緊張が収まるので。蒼にも有効かなって」

「別の意味でどきどきするんだけど」

「それは光栄です」

にひ、と小悪魔チックに笑う陽花里。

「ちょっとなにして——本当に何してるの！」

俺が遅いから呼びに戻ってきた結月が、陽花里の行為を見て慌てふためく。

「わわ、ばれた」

バレた、と口にするということは、少なくとも結月の目は盗んでいたということだよな。

「これは蒼の緊張をほぐそうとしてるだけだよ！　やましいことはなにもない！」

「そうなの。なら、私も協力するわ」

言いながら、結月は俺の右腕に抱きついてくる。そうなると、もちろん彼女のたわわに実った柔らかい果実の感触が、腕から申し分なく伝わってくる。

「あ、だめだよ結月。えっちだよ！」

「これは蒼くんが望んだことだから。蒼くんは私のおっぱいが大好きなの」

「ちょっと、事実無根なこと大声で言わないでくれる？」

ぼそりとツッコむけどもちろんスルー。

「その証拠に、蒼くんは私を振りほどいたりしないでしょ？」

「むう。蒼、早く結月を振りほどいてください！」

「そう言われても」

さすがにそれは良くないというか。もちろん胸の感触が惜しいとかではなくて、女の子を無理やり振りほどくのは危ないと思っているだけで。本当に決してこの柔らかさが心地好いと思っているわけではない。断じてない。

「そういうことよ。悔しかったら、陽花里ももう少し成長させることね」

何を、とは言わないが、どこを指しているのかは俺でも分かった。陽花里はむむむと悔しそうに唸《うな》りながら、じとりと俺を睨んでくる。今度のはちょっと怖いな。

「蒼のすけべ。えっち。おっぱい星人」

しばらく陽花里の機嫌は直らなかった。

＊

エレベーターで二十五階に上がり、廊下を進んで、ついに家の前に到着した。

「……ちょっと訊《き》いていい？」

「なにかしら。スリーサイズ？」

「このタイミングでそんなこと訊くわけないだろ」

「なら、好みのタイプかしら。えっとね、黒い髪でメガネをかけているけど外したら印象が変わって、やるときはやる――」

「訊いてもないこと勝手に答えないで」

「えっと、わたしは……」

「陽花里も考えなくていいから」

隣でわたわたと考え始めた陽花里に小さくツッコむ。

「そうじゃなくて。二人のお父さんってどんな人？」

対面する前に、せめて少しでも情報を知っておきたい。ここで犬とか猫とか好きですよ、みたいなこと言われたらちょっとだけ和みそうだし。

「優しいですよ。ね？」

「そうね。優しいわ」

陽花里の言葉に結月《ゆづき》も頷《うなず》く。

けど、重要なのはそこではない。親が娘に優しいなんて当たり前……とも言い切れない世の中だけど、それくらいは予想できる。

「娘の男友達には？」

「どうですかね。男の子を家に呼んだことがないので」

「そうね。前例がないから予想できないわ」

けど、と結月が神妙な顔をしながら言葉を続ける。

「一つ言えることは、お父さんは私たちを溺愛しているということね」

「まじかぁ」

まあ、大丈夫だろう。だって俺は今日、お礼をしてもらうために呼ばれているんだから。つまりはお客さんなのだ。きっと和気あいあいとした空気が待っているに違いない。俺は自分にそう言い聞かせた。

「それじゃあ入りましょう」

結月が扉を開き、先に入っていく。

躊躇《ためら》う俺の手を陽花里《ひかり》が引いてくれる。

玄関で靴を脱ぎ、用意されていたスリッパに履き替える。廊下は横に広がっており、右の方を見ると部屋が幾つかあった。

「こっちですよー」

左側へ進んだ陽花里が俺を誘導してくれる。俺はそれに続く。

すん、と鼻が鳴る。人の家のにおいがした。

嫌というわけではないんだけど、どこか落ち着かない独特のにおい。ここに住んでいる人はこれに違和感を覚えないんだよな。

左側に進むとすぐに扉があった。そこを陽花里が開くと、テレビの音が聞こえてくる。しかし、陽花里の「ただいまー」という元気な声のあと、すぐに音が消えた。テレビを消したのだ。

それを感じたとき、俺はついごくりと喉を鳴らしてしまう。

俺は小さく息を吸い、ゆっくりと吐いた。そして「よし」と呟《つぶや》いたあと、意を決してリビングの扉をくぐった。

「はじめまして、桐島蒼《きりしまあお》と申します。本日はお招きいただき、誠にありがとうございます」

リビングに入った俺は、ぺこりと頭を下げ挨拶をする。知ってる敬語を全部使った。

するとすぐに「頭を上げ給《たま》え」と、低いながらも優しい声がかけられた。俺はそれに従い、ゆっくりと顔を上げる。

「話は娘たちから聞いてるよ。私は琴吹玄馬《ことぶきげんま》。こちらこそ、はじめまして」

黒い髪はワックスかなにかで固めていて、軽いリーゼントのようになっている。太い眉や凛々《りり》しい目元よりも、口の上にあるヒゲが気になった。顔全体のイメージとしては厳しそうという印象。身長は高く、シャツにジーンズとオフィスカジュアルのような格好をしている。

こういう表現は失礼に当たるのかもしれないけど、渋いおじさんみたいな言葉がちょうどいいのかもしれない。

「こちらへ来給え。お茶を淹《い》れよう」

「あ、はい。ありがとうございます」

ぺこり、ともう一度軽く頭を下げてから玄馬さんの方へと向かう。

扉を入ってすぐ右には戸棚がある。左へ進むとキッチンが見え、右手にはリビングルームが広がっていた。

四角いテーブルを大きなソファが囲っており、そこからよく見えるように大きなテレビが置かれている。何インチくらいあるんだろう。

玄馬さんがいるのはそことは違う、恐らく食事用のテーブルだった。テーブルの両側にイスが二つずつ置かれている。

俺は玄馬さんがいる方とは逆のイスへ座る。そのあと、玄馬さんが俺と対面するように腰を下ろした。なんか、面接が始まるような気分だ。

陽花里は当たり前のように俺の隣に座る。結月はどこに行ったのだろうと思い捜してみると、キッチンにいた。どうやらお茶を淹れるのは結月の役割らしい。

「まず最初にこれだけは言わせてほしい。妻を助けてくれて、本当にありがとう」

玄馬さんは座ったまま、テーブルにおでこをぶつけるような勢いで頭を下げた。

大人に頭を下げられるという経験なんてそうそうない。俺は動揺して一瞬言葉を詰まらせてしまう。

しかし、その状況が息苦しくてすぐに口を開くことができた。

「あ、頭を上げてください。お礼は娘さんたちからもいただいてますので、もうお腹《なか》いっぱいなんです」

俺がそう言うと、玄馬さんはゆっくりと顔を上げて俺の目を見た。目が合うと、やっぱり迫力があって気圧《けお》されてしまう。凄《すご》い眼力だ。

「お礼をさせてほしい」

「いえ、大丈夫です」

俺は即答した。

結月や陽花里にも求められたけど、俺は別にお礼が欲しくてしているわけではないし、急に言われても何も思いつかないのだ。

「それでは私が納得できない。妻の命の恩人に、このまま何もせずに帰ってもらっては琴吹家主《あるじ》の名が廃る。なんでもいいんだ。なにかをさせてほしい」

結月や陽花里の頑固なところは、この人の血の影響なのかもしれない。

「お、美味《おい》しいお茶がいただけたなら、僕は満足ですので。ほんとに」

俺がそう言ったタイミングで、ちょうどお茶を淹れた結月がお盆に四つの湯呑《ゆの》みを載せてやってきていた。俺の言葉を聞いた結月は「え」と短く口にした。

目を見開いて驚く彼女を見て、その心境を察した。

結月は「私のお茶じゃだめかも……」みたいなことを思っているような、しゅんとした顔をしていた。違う、別に変なプレッシャーをかけてるわけじゃない。なにか形として受け取らないと終わらないからそう言っただけで。伝わって？　この気持ち察して？

「い、淹れ直してくるわっ」

「大丈夫だから！　そういう意味じゃないからぁ！」

＊

俺と向かい合うように玄馬さんが座っている。左側には陽花里がいて、あとは陽花里の前のイスが空いているので、結月がそこに座るだろうというのは俺の勝手な考えだった。

お茶をそれぞれの前に置き終えた結月は一度キッチンへ戻り、お茶請けとしてカステラとお菓子を盛り合わせたお皿を持ってきた。お菓子をテーブルの中央に置き、カステラをそれぞれの前に置いたところで彼女は玄馬さんの隣へ向かう。

しかし、どういうことか結月のお茶とカステラは俺の右側にある。いわゆるお誕生日席という場所だ。なんで、と思いながらも嫌な予感がわずかにあった。

「よっこいしょ」

結月は空いているイスを持ち上げ、お誕生日席のところへえっさほいさと運び始めた。

俺の嫌な予感は的中した。お父様の前でそういうのは控えてくれよ。ここは穏便に済ませたいんだから。

「さて、お礼についてだが」

玄馬さんは結月の明らかに怪しい行動に触れることなく話を戻す。もちろん、お茶をいただくというだけで納得してもらえるはずはなかった。

どうしたらいいんだろう。

金銭を要求してみるか？　いやダメだ。万が一にも受け入れられたときが怖い。しかも絶妙に受け入れるかもしれないと思わせる危うさがこの人にはある。

「なにかないかね。私にできることならば何でもするし、渡せるものであれば何でも渡す所存だよ。子供が遠慮なんてするもんじゃない。さあ、何でも言い給え」

「……いや、そう言われても」

欲しいものなんて特に思いつかない。少なくとも自分で買えるものは自分で買うし、自分で手に入れることに意味があるものだってある。もともと物欲もない方だし。

「そう言えば蒼くん、言ってたわよね」

そのとき、結月がわざとらしい口調でそんなことを言う。俺や玄馬さんの視線が彼女に向いた。

結月は何を言うつもりなんだろう。言い方的にろくなこと言わなそうだな、と一抹の不安を抱きながら言葉の続きを待っていたら、彼女は想像もしていなかったことを口にした。

「彼女が欲しいって」

と。

いや、言ってないよ？

結月の爆弾発言に俺は口をあんぐりと開けたまま、数秒の間、固まってしまっていた。

「え、そうなんですか？」

一瞬の沈黙の中、それを破ったのは真剣な顔つきの陽花里だった。

「いや、えっと」

俺は言葉を詰まらせる。

彼女が欲しいかどうかと言われたら、そりゃ欲しいは欲しい。俺だって男だし、ましてや思春期真《ま》っ只中《ただなか》なのだからそういうことに興味がないわけではない。

一人でいるのが好きだからといって、人といることを嫌っているわけではないのだ。

大勢の人間と、自分の感情を押し殺してまで付き合いたいと思っていないだけで、お互いのことを尊重し合えるような相手とならば一緒にいるのは大歓迎である。

だから日比野《ひびの》とは一緒にいるわけだし。

結月《ゆづき》や陽花里とだってそうだ。

俺の意見を尊重しながら、俺と一緒にいてくれる。

そんな相手とならば、付き合いたいとも思う。

けれども！

そんな話はしてないだろ！

「桐島君は今、付き合っている相手はいない、ということかね？」

こほん、と咳払《せきばら》いをした玄馬さんが至って真剣な表情を俺に向けた。その迫力に、俺の中にある何とか誤魔化さないとという気持ちが吹き飛ばされる。

「そうですね。今のところ、そういった相手は……」

ごにょごにょと後半は消え入るような音量になってしまった。しかし、このままだと結月と陽花里《ひかり》にターンを渡してしまうと思った俺は、彼女らよりも先に何か言おうとしたが。

「結月、陽花里。少し、自分の部屋に戻ってなさい」

誰よりも先に玄馬さんが真剣な声色そのままに、そんなことを言った。いつもと調子が違うのか、結月と陽花里は顔を見合わせ、戸惑うような表情で席を立った。

そして惜しむようにこちらを見てきたものだから、俺はなにか言うべきか悩んだけれど、なにも言葉が出てこなかった。というか結月さん、これはあなたが撒《ま》いた種だからね？反省してね？

なんだこの展開は。どうして俺は父親と二人きりになっているんだ。

しかもさっきの話題からのこの状況だから、何というか、その、不安だ。

「あの……」

二人が部屋を出ていき、玄馬さんが険しい表情で俺を無言で見つめてくるものだから、その沈黙に耐えかねて俺は思わず口を開いてしまう。

言葉を発したものの、その先のプランはなにもない。

恐る恐る、といった様子の俺を見て玄馬さんは「悪いね」と言いながら表情を柔らかくした。

「つい考え込んでしまった」

そしてにこやかに笑う。

どうやら悪いふうには思われていないみたいだ。

「それで、なんだったか、そう、君の恋人についてだった」

わざとらしく言葉を繋《つな》げる。やはりその話題が続くらしい。

「えっと」

「恋人が欲しいと思っているのは本当かね？」

言い淀《よど》む俺を見て、玄馬さんはさらに言葉を続ける。まっすぐこちらに向けられた瞳は、俺の真意を探っているように見えた。顔はにこやかなのに、瞳は至極真剣だ。

「そうですね。僕も健全な男子高校生なので」

ここは誤魔化さずに本音を漏らした。

その本音に複雑な感情が絡《から》まっているんだけど、そこはわざわざ言う必要もないだろう。

玄馬さんは俯《うつむ》き、ふむと唸《うな》ったあとに「なるほど」と小さく呟《つぶや》いた。

そして改めて俺の目を見てきた。

「君の目から見て、うちの娘たちはどんなふうに見える？」

飛んできた質問に俺は一瞬体を震わせた。動揺でぴくりと反応してしまったのだ。

この質問の意図はなんだろう。

どう答えるのが正解なんだろう。

分からない。

だから、もう思ったままのことを言ってしまおうと思った。それでダメだったら遅かれ早かれそうなる運命だったんだと諦めよう。

「魅力的な女の子だと思います。見た目はもちろんですけど、性格もユニークというか個性的というか、面白いし。それに、なにより二人とも相手のことを思いやる優しい心を持っています」

俺は思ったことをそのまま言葉にした。

結月と陽花里と出会って、まだ日は浅い。きっと彼女たちの全てのうちの一部分くらいしか見えていないだろう。けれど、今言葉にしたことが俺の中の彼女たちへの印象だ。

「でも、どうしてそんなことを？」

父親として、娘の印象を気にすることは何らおかしいことではないけれど、話の流れ的にそういう親心的な質問ではないと思う。だとしたら、その意図はなんなんだろう。

俺が尋ねると、玄馬さんはふうと息を吐き、そして天井を仰いだ。

「君が妻を助けてくれた後のことだ。妻の容態も安定し、命に別状がないことも分かったことで、我が家の食卓にも笑顔が戻りつつあった。そんな日の夕食時のことだった」

そのときのことを思い出しているのか、天井を仰ぐ玄馬さんの顔は優しいものだった。口元には笑みが浮かんでいる。

「二人は興奮気味に、あの日のことを語っていたよ。それはもう楽しそうに、まるで本物のヒーローを目にした子どものように目を輝かせていた。あんな二人を見るのは初めてだった」

あの日のこと、というのは恐らく琴吹《ことぶき》家の母が倒れた日のことを言っているのだろう。

「それから毎日、話題に上がるのは君のことだったよ。二人はお礼がしたいと必死に君のことを捜していてね。手がかりを見つけたときの嬉《うれ》しそうな姿は、今でも覚えている」

学校で姿を見られたあと、古典のノートを忘れたことで正体がバレたんだよな。あの日の夜、この家ではそんなことがあったのか。

「あの子たちはね、きっと君に対して特別な感情を抱いている。それが、まああれだ、その、恋心かどうかは私には分からないが」

照れるなら言わないでほしい。こっちまで恥ずかしくなってくる。

「これから互いのことを知り合っていく中で、そういう感情が芽生えることもあるだろう。私はそう思った。寂しさと同時に嬉しさも込み上げてきた」

玄馬さんは大事な部分を言葉にはしない。けれど、言葉を濁しても、何のことを言っているのかは分かった。

「嬉しさ、ですか?」

俺が言うと、玄馬さんはにいっと笑いながらこくりと頷《うなず》いた。

「話が逸《そ》れたね。つまり何が言いたいかというとだな、君は私の娘と付き合いたいと思っているのか否《いな》か、ということなのだよ」

こほん、とわざとらしい咳払いを見せた玄馬さんは、眼力を精一杯まで上げたような視線をこちらに向けてきた。その迫力に気圧《けお》されてしまう。

「……えっと」

これ、なんて答えたらいいんだろう。

琴吹結月と琴吹陽花里。

少々強引でズレた部分もあるけれど、それでも一緒にいる時間は確かに楽しかった。

もっと一緒にいたいと思った。また会いたいと思えた。

けど。

「それはまだ、僕にも分かりません。結月さんと陽花里さんには、他の女の子には感じなかった気持ちを抱いていると思います。特別なのは確かです」

けれど、と俺は言葉を続ける。

「付き合いたい、とハッキリ言えるだけの確信はまだ、僕の中にはありません。それに……」

俺は言おうとして口を閉じた。

仮に、という話であっても父親の前で言うことではないような気がしたからだ。

「それに、なんだね？」

「えっと」

俺は言葉を詰まらせる。

そんな俺の様子を見て、玄馬さんは努めて穏やかな笑みを浮かべた。

その笑みに、どうしてか閉じたはずの口がゆっくりと開いてしまう。

「娘さんたちは魅力的です。このまま彼女らと一緒にいれば、もしかしたら僕は今より先の関係になることを望むかもしれません。けど、そのとき、僕は二人のうちのどちらかを選ばなければならない。それができるかと言われたら……」

そこまで言って、俺はやはりその先の言葉を濁した。ここまで言えば、俺の言わんとしていることは玄馬さんも察したはずだ。

結月と陽花里は俺にはもったいないくらい魅力的な女の子だ。本来ならば、そんな二人から好意を寄せられるなんてことはあり得ないくらい。

けれど、こうして俺は、ありがたいことに二人から好意的に思われている。

いつか俺が自分自身で、彼女らに対し一歩踏み出すことを決めたとき。

二人のうち、一人を選ぶなんてことができるだろうか。

「……私は巷《ちまた》では親バカと言われることがよくあってね、実際はそんなことないんだけども」

玄馬さんはニカッと笑ってから、ゆっくりとそんなことを話し始める。多分その通りだと思うんですけど、という言葉は飲み込んだ。

「だから、あの子たちが泣くようなところは絶対に見たくないのだよ。もしも好きな男の子に振られでもしたら、きっと涙を流すだろう。適当な恋をするような子たちではないからね」

瞬間。

玄馬さんがギロリと俺を睨《にら》んだ。

いや、あるいはそれは錯覚だったのかもしれないけれど、それくらいの迫力ある視線が向けられたのは確かだった。

「娘の涙。それだけは許せんのだ」

「けど、もし俺が恋人になることを視野に入れたとしても、二人のうちのどちらかとしかお付き合いはできません。必ず、どちらかが涙を流すことになります」

つまり、どちらか片方は振るしかない。それも相手は双子。今後のことだって心配になる。

いや、そこまで考えるのはさすがに驕《おご》りが過ぎるか。

「彼女たちのことを考えると、どちらか片方を選ぶというのは……」

甘えだと思う。

結局は、俺が選ばないための言い訳を探しているだけだ。それが分かっていても、まだその道に進むだけの覚悟はないから、どうすることもできない。自分の優柔不断さに呆《あき》れてしまう。

「選ばれなかった方が可哀想《かわいそう》だから、どちらも選ばないと？」

「……」

俺は口を噤《つぐ》み、視線を逸らす。

怒られるだろうか、とも思ったけど玄馬さんから返ってきた声はやはり優しいものだった。

「難しく考えよる。最近の若者はどうにも真面目すぎるようだ。私が若かった頃は、もっと遊び心に富んでいたぞ？」

にい、と口角を上げながら言う玄馬さんの言葉の意味が分からず、俺は啞然《あぜん》とした。

「どちらかを選べないのなら、どちらも選ばなければいい」

玄馬さんが言ったのは俺と同じ言葉だ。けど、その表情はまるで違っていた。

現実から目を逸らすように言った俺とは違い、玄馬さんはどこまでも誇らしげに語る。

この人の目は、常に明るい未来に向いているようだった。

「だから、俺は」

「二人は母親似でね」

俺の言葉に被《かぶ》せるように玄馬さんが言った。俺は言おうとした言葉を飲み込む。

「その恵まれた容姿のせいで苦労もしてきた。同性には嫉妬され、よからぬ男に言い寄られ、心無い言葉で傷ついたことだってあった。その点、君は娘たちと向き合い、真剣にこれからについて悩んでいる」

玄馬さんが俺を見定めるような鋭い瞳で捉える。

その迫力に、俺は何も言えずにいた。

「選ばない道を進む理由を探すくらいならば、どちらも選ぶ努力をするといい。どちらかを傷つけることを恐れているのならば、どちらも幸せにする方法を見つければいい。独りよがりな答えを出す必要はない。誰もが笑顔でいられる道は本当にないのか、もっと探してみればいいじゃないか」

くく、と玄馬《げんま》さんは子どものように笑った。

「そんな道が、本当にあるんでしょうか？」

ようやく吐き出した言葉は弱々しく、今にも消えてしまいそうなものだった。

「それを君が探すのだ。結月《ゆづき》と話し、陽花里《ひかり》と話し、そして自分と話してな。納得いく答えが見つかるまで考え続ければいい。ただし、娘を泣かせるような答えは許さんよ」

くくっと玄馬さんが含んだ笑いを見せる。が、目は笑っていない。怖い。

「例えば、娘さん二人ともを選ぶ……みたいな答えを出すことになるかもしれませんよ。

娘さんの彼氏がそんなクズ野郎でもいいんですか？」

俺は冗談交じりに、脳裏に浮かんだ一つの可能性を口にする。

ここで玄馬さんが雷を落とすようであれば、その道はとにかく険しいということになるが。

「クズ野郎かどうかは君が決めることではない。結月が、陽花里が、そして私が決めることだ。ちなみに私は、女の笑顔の為《ため》に泥をかぶれる男を、クズ野郎とは思わないがね」

玄馬さんは試すように笑う。

日本では重婚は認められていなかったはずだ。二人と付き合うことがあっても、最終的にそういった結末を迎えることは決してないということになる。

けれど。

逆に言えばそれだけ。

双方が納得さえしていれば、結婚という問題を除けば、なんの問題もない。玄馬さんは俺にそう言ってくれている、ような気がした。

そもそも結婚しないと一緒にいられないわけじゃない。むしろ、結婚さえしなければ一緒にいることができるというのであれば、それを選べばいいだけのこと。

もっと言えば、付き合ったからといって結婚にまで辿《たど》り着くかさえ分からないのだ。

果たして、学生時代の恋人と結婚にまで発展した夫婦はこの世界にどれくらいいるのだろうか。

つらつらと玄馬さんは話したけれど、要は難しく考えすぎるなって言ってくれているのだ。

選ばないという選択は同じだけど、その内容は天と地ほども違う。

結末がどうなるかはともかく、そう考えると少しだけ気持ちが楽になった気がした。

「まあ、なんだ。いろいろと言ったが、君が誠実で心優しい少年であることは分かっている。娘たちとのことを真剣に考えてくれたのであれば、私は君の答えを尊重するよ」

玄馬さんは一度言葉を切り、父親の威厳のこもった瞳を俺に向けた。

その迫力に、またしても気圧されそうになったとき、玄馬さんは優しく笑んだ。

「ああ見えて弱い二人だ。どうか、あの子たちが困っていたら助けてあげてほしい」

その言葉に、俺は強く頷いた。

＊

「……疲れた」

俺が琴吹《ことぶき》家を出た頃には、もう夕日は沈み始めていた。

駅までは歩いて十分くらいだろうか。別に自転車でも来れる距離だったので、今思えばそれでもよかったな。

そんなことを考えながら、今日あったことを頭の中で反芻《はんすう》する。

いろいろあって情報過多だ。脳のキャパももう限界ギリギリである。

俺はポケットからスマホを出して朱夏《しゅか》に電話をかける。二コール目が鳴る前に、朱夏は電話に応じてくれた。結構あっちこっちに忙しいやつだから、電話に出ないこともあるので珍しい。

『もしもーし？』

天使のようなソプラノボイスが電話越しに届く。

「いま大丈夫か？」

一コールで電話に応じたところから、おおよそ暇していることは予想できるけど一応確認しておく。どうせ部屋でユーチューブ観《み》ながらゴロゴロしていたとか、そんなんだろう。

『んー、だいじょうぶだよ。部屋でユーチューブ観てただけだから。それにしても、お兄ちゃんから電話なんて珍しいね。なになに、もしかしてアイスでも買ってくれる気になったからリクエスト受け付ける感じ？』

「違う」

予想通り、暇していたらしい。

それなら一緒に来てくれればよかったのに。

俺が即答すると、朱夏は『なぁんだー』と口にする。しかし残念そうな声ではなく、もともと期待とかはしていなかったことが分かる。これは朱夏なりの出会い頭ジョークだ。

『それで、どうだった？ ご家族の方と会ってきたんだよね？』

「ああ。まあ、普通にお礼言われて、菓子折り貰《もら》ったよ。妹さんにもよろしく、だってさ」

『律儀《りちぎ》だよね。まあ、そんなもんなのかな』

朱夏はくすくすと小さく笑う。

「バウムクーヘン好きだったたっけ？」

『好きだよ、好き好き大好き超好き！ あたしくらいバウムクーヘン好きな人はそうそういないね。そんなの誰もが知る常識だよ？ もしかしてお兄ちゃん知らなかったの？ お兄ちゃんはもっと妹に興味持ったほうがいいよ』

テンション高めにそんなことを言うところ、本当にバウムクーヘンは好きらしい。けど、そんな情報は初耳だ。

「貰ったから持って帰るわ。なんか、いいとこのやつらしい」

俺が朱夏の言葉をスルーすると『無視とかひどい』と口にするものの、すぐにいつもの調子を取り戻す。

『おけ。牛乳準備して待ってるね♪』

上機嫌に言って、朱夏は通話を終える。

ふう、と息を吐いて俺は空を仰いだ。

「どちらかを選ぶか、どちらも選ぶか、どちらも選ばないか」

結月は俺のことを好きだと言ってくれている。

陽花里も、俺のことを好きだと言ってくれている。

そんな二人と一緒にいる時間は楽しくて、そんな二人に間違いなく心惹《ひ》かれている自分がいて。

だとすれば、きっと遠くない未来に、その問題は俺の前に立ち塞がることだろう。

そのとき、俺はどんな答えを出すんだろう。

結月か。

陽花里か。

それとも――。

この先も二人と一緒にいたいと思うのならば、ちゃんと向き合わないといけない。

そのためには、もっと二人のことを知らないと。

季節は冬。

そこで来るはクリスマス。

二人のことを知るには、もってこいのイベントだ。

幕間《まくあい》一　メラメラ燃える

『そう言えば蒼《あお》くん、言ってたわよね——彼女が欲しいって』

蒼は彼女欲しいと思ってるんだ。

なんというか、反応的にあまりそういうことに意欲的ではないと感じていたんだけど。

結月《ゆづき》にはそれを話したの？　なんでわたしには話してくれなかったの？

自分の部屋でわたし、琴吹陽花里《ことぶきひかり》はそんなことをぐるぐると考えていた。

「……はあ」

大きな溜息《ためいき》をつく。

我ながら盛大なものだなと笑ってしまうほどだった。

わたしは人を好きになったことがない。

中学生くらいになると周りの友達は、彼氏だイケメンだと男性の話題を口にするようになった。興味のありなしでいえば、わたしだって興味はあったから会話自体には参加していたんだけど、どこか他人事《ひとごと》のように思えてならなかった。

もしかしたら蒼に対するこの気持ちだって、本当のところ恋心かどうかも、わたしはまだピンと来ていない。

他の男の人には感じないどきどきはある。居心地だっていい。好きと表現するには十分なのかもしれないけれど、まだわたしの中ではそれが不明瞭で。

だからこそ、わたしは蒼ともっと仲良くなりたいと思っている。

蕾《つぼみ》のままのこの気持ちが、近いうちに花開くのだと、わたしは予感しているからだ。

それに。

結月《ゆづき》には負けたくない。

「……」

気づけばわたしは拳をぎゅっと握っていた。気づいてから、息を吐いて力を抜く。

わたしと結月はよく似ていた。

近所のおばちゃんはいつまでも見分けがつかなかったみたいだし、小学校のクラスメイトもよく間違えていたほどだ。服装や髪形など容姿に明らかな違いをつけるまでは、本当にそっくりだった。

容姿は似ているわたしたちだったけど、性格や考え方は意外と違っていて、小学生のときからうっすらと見え始めていた変化は、中学生になった頃には顕著に現れ始めた。

具体的に一つ挙げると、わたしは運動系の部活に入って、結月は文化系の部活に入部した。

それが理由で生活に大きな変化があったかと言えば、そういうわけではないのだけれど。

姉妹仲は良かったし、学校での立ち位置も別に変わらない。

ただわたしは運動をするのに邪魔だと感じて、長い髪を切った。

結月は本を読みすぎたせいか、視力が悪くなった。

そういう些細《ささい》な変化が始まりで、これまで同じ道を同じスピードで歩いていたわたしたち姉妹の行く道は少しずつ分岐して、今では別々の道を進んでいる。

だからこそ、以前より結月のことを意識するようになった。多分、結月もわたしのことを意識していると思う。

自分ではっきりと分かるくらいには負けず嫌いで、誰にも負けたくないという気持ちはあって、どんな勝負でも勝てば嬉《うれ》しいし負ければ悔しくて、涙を流すこともあるほどで。

そんな中でも、結月には負けたくないという気持ちが、一番強く心の中にあった。

＊

隣の芝生は青い、なんて言葉があるけれど、つまりどういうことかというと人間というのはどこまでも欲張りだということだ。

私は、あれもこれも全部欲しい。

一つだって取りこぼしたくない。

お洋服も。

ぬいぐるみも。

両親の愛も。

勝利も。

大好きな人の心だって。

全部ぜんぶ、私は手に入れたい。

その為《ため》ならば何だってするつもりだ。

小学生の頃、自分で言うのもなんだけれど私は何でもできた。何をお願いされてもそつなく熟《こな》していたし、それが確かな自信に繋《つな》がっていた。

私にとって、勝利というものは常に手のひらの中にあったのだ。

違和感を覚えたのは小学六年の運動会。それまではかけっこで負けることがなかった私は、初めて一位の座を譲ることとなった。

それも、私に敗北の味を教えたのは、あろうことか陽花里《ひかり》だったのだ。

『やったぁ！　はじめて結月に勝ったぁ！』

無邪気に笑い、ぴょんぴょんと跳ねながら喜ぶ陽花里の姿は今でも忘れない。

中学生になると、陽花里はバスケ部に入部した。かけっこで私に勝った頃から運動能力が上がっていったから、その選択は極々自然なものだった。

逆に、私は自分が運動に不向きだと感じたこともあって、文化系の部活を選んだ。

陽花里は運動が得意だったけれど勉強はからきしで、逆に私は運動よりも頭を使う方が向いていると感じて勉強は頑張った。

これまでずっと隣にいたからこそ。

これからもずっと隣にいるからこそ。

陽花里には負けたくなかった。

高校生になった今でも姉妹仲は良好だ。これまで以上に仲良くなったと言ってもいい。

それでも、私の中にはその気持ちが静かに燃えていた。

得意な分野も好きな食べ物も、趣味も好みも、結構違うというのに、どういうわけか男の趣味は一緒だったらしい。

この世界の恋愛において、勝者は常に一人。

かけっこで負けるのは悔しい。

でも、大好きな人を誰かに奪われるのは、悔しいどころでは済まない。

だから。


この勝負だけは絶対に負けたくない。

第四話　ツインズ・アクシデント

冬の訪れを感じ始める、十二月の上旬。

秋の暖かさは徐々に姿を消していき、冷たい空気が頬を撫《な》でる。分かりやすい視覚的な変化といえばやはり制服の衣替えだろう。うちの学校は衣替えの決まりはなく、各々《おのおの》が必要に応じて変更していくことになっている。

十月が過ぎた頃から少しずつ制服のブレザーを羽織る生徒が増え始め、十二月になった今では全校生徒がそうなったと言っていい。

かくいう俺も既にブレザーを羽織っている。さすがにマフラーやら手袋やらといった防寒着に頼るほどの寒さはまだないのだけれど、生徒の中にはブレザーの中にパーカーを着てさらなる防寒を行う者もいる。

ショッピングモールに行けばクリスマスの特設エリアが設けられているし、街中ではところどころにイルミネーションの灯《あか》りが目立つ。

ああもうすぐクリスマスか、と例年思うけど、思うだけでこれといって特別なイベントが起こるわけではなかった。

けど、今年は……。

「桐島《きりしま》はクリスマス予定あるの？」

放課後の帰り道。隣を歩く日比野《ひびの》が何気ない調子で訊《き》いてきた。ちょうどそのことを考えていただけに俺は一瞬だけ動揺で言葉を詰まらせてしまう。

「え、なに、俺いま誘われてる感じ？」

動揺のあまり、絶対にあり得ないようなことを口にしてしまう。

俺と日比野は最寄り駅も同じなのでたまに一緒に帰ることがある。今日は駅の隣にあるデパート内の本屋に寄っていたんだけど、その帰り道に日比野が突然そんなことを言い出したのだ。

「そんなわけないでしょ。あんなどこ行っても人が多いような一日、家から出るつもりは毛頭ないよ」

「別にやりようによっては人混みは避けられるだろ。イルミネーションとか観に行けば人は多いだろうけど、カラオケ予約しとくとか」

「私がカラオケで楽しく歌うタイプに見えるの？」

「見えないな。君が代とか歌い出しそう」

「さすがにもうちょっと選曲には気を遣うけど」

じとりと半眼を向けられる。

「カラオケに限ったことではなくて。それこそ家とかに集まれば人混みには困らないぞ？」

俺がさらなる選択肢を与えると、日比野ははあと溜息《ためいき》をついて肩を落とす。

「なに、桐島は私とクリスマスを一緒に過ごしたいわけ？」

ちょっと迷惑そうな顔をするなよ。

本気じゃないのは分かるけど。本気じゃないよな？

「それも悪くないけど」

中学三年のときに出会った俺たちだけど、その年のクリスマスはもちろん一緒に過ごしていない。

理由はさっき日比野が言ったことそのままだ。俺とてクリスマスにどこかへ行きたい欲はないので、望んでないなら無理に会う必要はないという結論に互いが至った。そもそも日頃から頻繁に遊ぶようなこともないし。

まあ、ああだこうだ言ってはいるけど、きっと誘えば来てくれはするんだろうけど。

「桐島は今年、ハーレムクリスマスが待ってるでしょ。私と過ごしている暇なんてないんじゃないの？」

「……ハーレムねえ」

まだそういう予定が確定しているわけではない。俺としてはクリスマスというイベントを通して二人のことをもっと知れればいいなと思っているけれど。まだ誘ってもいないので既に予定があると言われれば終わりなのだ。

「甲斐性《かいしょう》の見せどころじゃない？　これまで女っ気のなかった冴《さ》えない男子高校生が出世したもんだよ」

日比野はおかしそうに言った。

二人とは相変わらず教室での関わりは極力控えてもらっている。俺の気にしすぎという可能性もあるんだけど、やっぱりまだ覚悟が決まっていないのだ。その代わりに週末や放課後のような時間に話したりするようにしているのが現状だ。

「二人と一緒に過ごすの？」

「どうだろう」

あの二人が揃《そろ》うといろいろと大変なんだよな。できることなら別々に会いたいものだ。

俺が渋るようなリアクションを見せると、日比野はなおも楽しげに笑った。

「大変だね、二股ハーレムクソ野郎は」

「他人事《ひとごと》だと思って」

「他人事だし」

「俺がクリスマスをお前と過ごすことに決めたら、他人事じゃなくなるかもしれないな？」

にいっと精一杯口角を上げて言ってやる。

すると。

「それはほんっとにやめて」

日比野はだいぶ迷惑そうな顔をした。どうやらこれは本気らしい。もちろん、俺だってそんなことをするつもりはない。

「あの美人姉妹とクリスマスを過ごせるなんて、クラスの男子なら飛び上がって喜ぶだろうに」

確かにそうなんだろうけど。

思い描くだけならばそれは幸せな時間になること間違いなしだ。しかし実際に挟まれてみると、意外とウキウキはしないもので。

俺にはハーレムクソ野郎の才能はないようだ。

＊

日比野とそんなことを話した翌日のこと。

昼休みに昼食を早々に食べ終えた俺は図書室に足を運んでいた。

俺の昼休みの過ごし方といえば、食後の運動を兼ねた校内の徘徊《はいかい》か図書室に来て本の物色のどちらか。あとは、たまに教室で日比野と駄弁《だべ》ることもあるくらい。

昼休みの図書室はとにかく静かだ。その理由が、利用者がしっかりとマナーを守っているというわけではなく、そもそも利用者がいないということなのが悲しいところ。

図書室に入ると本貸出の受付があり、昼休みには図書委員が当番制でそこに座っている。入ったときにちらと見ると、そこには金髪に染めた長髪のギャルがいた。服装も適度に着崩していて、鎖骨が見えた。イヤホンを耳に装着し、ユーチューブか何かを観《み》ている。とにかく周囲に無関心だ。図書委員としてはどうなんだと思う一方、それはそれで気が楽なので助かる。

図書室に入ったときに一瞬だけこちらを見たその図書委員はすぐにスマホに視線を戻す。もしかしたら、『またこいつか』とか思われているのかもしれない。

今日も今日とて、相変わらず利用者はいない。たまに数人いるけど、つまり今日は大当たりだ。思う存分、集中できるぞ。

そんなわけで、鼻歌混じりに本棚を物色していると。

「ふっ」

と、耳に息を吹きかけられた。

「うぉ——むぐ」

思わず声が出てしまった俺の口が誰かによって押さえられる。

何事かと思い、手の主を確認するために距離を取ってそっちを向いた。

「なんで、結月《ゆづき》が？」

琴吹《ことぶき》結月がしてやったりな表情で立っていた。

「廊下を歩いていたら蒼《あお》くんを見かけたから、ストーキングというものをしてみたわ」

「そんなナチュラルにストーキングするな」

俺を驚かせることに成功したからか、結月は上機嫌だ。このままだとペースを摑《つか》まれるので俺は話題を変えることにした。

「あまり学校では絡《から》まないようにって話だったと思うけど？」

「正確に言うなら、人の目を気にするようにという解釈の方が正しいと思うわ。そして今は、その条件を満たしている。ここには私と、蒼くんしかいない」

「図書委員がいるぞ？」

「彼女はこちらに興味なんかないわ。動画を観るのに夢中だもの。つまり、ここで私が蒼くんに何をしようと気にもしないということよ」

うふふ、と結月は嗜虐《しぎゃく》的な笑みを浮かべる。

このモードに入った結月は何をしてくるか想像できないから恐ろしい。俺は思わず、固《かた》唾《ず》を呑み一歩後ずさる。

「あら、逃げる必要はないじゃない。何をされると思っているの？」

「何をされるか分からないから逃げてるんだよ」

さらに一歩後ろに下がると、背中が壁にぶつかった。

やばい、追い詰められた。

「ねえ蒼くん。ひと気のない図書室で、人の目を盗みながら、人に見られたら困るようなことをするのってドキドキすると思わない？」

結月はじりじりと俺に詰め寄ってきた。その距離はわずか数センチだ。

甘い匂いが鼻孔をくすぐり、頭がくらくらしてくる。

「覚えてるかしら。私が蒼くんと初めて話をしたとき、お礼に何でも言うことを聞くって

言ったの」

「……もちろん」

彼女の息遣いがはっきりと分かる。

気づけば俺は壁ドン的なものをされていて、完全に逃げ場を塞がれていた。こういうのって普通は男女逆じゃないの？

「私、あれ結構本気だったのよ。それこそ、放課後の教室でむちゃくちゃにされるくらいの覚悟はしていたし、されてもいいと思ってた」

俺のイメージって……。

「そんな、欲望に忠実じゃないって」

「蒼くんはもっと欲望に忠実になってもいいと思うわよ。世の中の男子を見習えばどう？」

「そっちを模範にするように言われることってあるんだな」

欲がなさすぎるというのも、ある種の罪だとでも？

「一つ、訊いてもいいかしら」

結月が俺の胸の辺りに触れる。

突然のボディタッチに俺は体をびくりと反応させてしまった。

「なん、だ？」

「蒼くんから見て、陽花里《ひかり》って魅力的？」

珍しい発言だと思った。

結月とも陽花里とも、それぞれの話をすることはもちろんある。共通の知人なのだから、それくらいは当たり前だろう。

けれど、そんなふうに直接的な疑問をぶつけられることは、これまでなかった気がする。

「そりゃ、まあ。うん」

俺はぎこちなく頷《うなず》く。

「そうよね。姉の私から見ても、可愛《かわい》いもの。こんなことは私の口から言うことではないのかもしれないけど……陽花里ね、この前、私の部屋にあるえっちな本を隠れて読んでいたわ」

「ほんとにお前の口から言うことじゃないな！　あと今言うことでもない！」

しまった。つい反射的に大声を出してしまった。

結月が俺の口に人差し指を当て、しーっと騒ぎすぎだと示してくる。

「結局、なにが言いたいんだよ？」

「つまり、私は陽花里には負けたくないということよ」

絶対にそんな話はしていなかっただろ、とツッコミを入れようとした俺だったけど、次の瞬間に結月の右手が俺の頬に触れてきて、思考が止まってしまった。

結月はじいっと俺の目を見つめてくる。

その距離わずか数センチ。不思議な力に引き寄せられているのか、動けないでいた俺だったが、結月は小さく笑ってすぐに俺から離れる。彼女にしては珍しい不安げな表情に俺は戸惑った。

「どうした？」

さっきまでのテンションはどこへ行ったのだろう、と疑問を浮かべていると、結月がゆっくりと口を開く。

「陽花里は表裏のない一直線な女の子。きっと人に好かれようなんて考えてなくて、でもあの子は誰からも好かれてる。あの子の笑顔は自然と周りを明るくするわ。だから人が集まる」

俺は結月の言葉に頷いた。

どうしてそんなことを言い出したのかは分からない。けど、今はその言葉を受け止めなければならないような気がした。彼女の縋《すが》るような眼差《まなざ》しを見て、そう思った。

「蒼くんも陽花里のそういうところに惹《ひ》かれているでしょう？」

陽花里の魅力。それは確かに結月の言うようにあの太陽のような明るい性格や無邪気な笑顔であることは間違いない。きっと、それだけではなくて、俺が知らない彼女の魅力はまだまだあるのだろうけれど。

「そう、だな。そうだと思う」

俺は自分に確認するように呟《つぶや》いた。すると、結月は自嘲するように笑う。

「けど、私はそうじゃない。表裏があって打算的で。あんなに明るくないし、笑顔だって可愛くないもの。そうね、私の魅力なんてせいぜい胸が大きいくらいかしら……」

ハッと、乾いた笑いを見せる結月。それも立派な魅力だと思うよ。

しかし、そんなことは言える雰囲気ではないし、そもそもそんなキャラでもない。

「初めて、好きになってもらいたい人ができた。そのために、何でもしようって思った。けどね、隣で同じように頑張る陽花里を見ていると、たまに考えてしまうの。この子はどうしてこんなに可愛くて、どうして私はこんなに可愛くないのかなって。負けたくないのに、勝てる気がしなくて……」

結月はそう言って、顔を伏せる。

彼女は俺の言葉を待っている。なんと言えばいいのだろう。こんな状況に陥ったことがないので、こういうときの最適解を俺は知らない。今の俺にできるのは、思っていることをそのまま言葉にすることだけだ。

「そんなことないよ」

じっと、引き寄せ合うように瞳と瞳がぶつかる。

「……否定するのは簡単よ」

「俺もそうだから、結月の気持ちも分かるんだ」

そう言うと、彼女は首を傾《かし》げた。

「俺も自分に自信ないからさ、俺なんてってつい言ってしまうんだけど。妹に言われたんだ、クソじゃない人間が自分を悪く言うのは謙遜じゃなくて卑屈だって。誰だってそんなもんなんだよ。みんな、心のどこかでは自分なんてって思ってる」

「……」

俺は勇気を出し、ふらふらと揺れる彼女の手を握る。

「けど、そんな俺の良いところを妹は知ってくれてる。それに、結月や陽花里が教えてくれた。だから、今は自分のことがそこまで嫌いじゃないんだ。結月の良いところ、俺はちゃんと知ってるぞ？」

伝えるべきことを言葉にする。迷子になった少女に手を差し伸べるように。

「大人びてるみたいで意外と子どもっぽいギャップも、何事も事前に調べてしまう心配性なところも、予想外の事態に慌てるところも、好きなことにはとことんまっすぐな心も、たまに見せる笑顔だって、全部結月の魅力だよ」

顔が熱い。

こんなことを言葉にするのは初めてだったから。

けど、これは俺がこれまでに彼女と過ごした時間の中で確かに感じた魅力だ。

「そんな不安に思わなくていいよ。陽花里は可愛くて魅力的だと思う。でも結月も負けないくらい魅力的だから」

「蒼くん……」

揺れる瞳に涙が浮かび、頬が赤く染まる。

俺の顔にすっと彼女の手が伸びてくる。何事かと驚いて、びくっとしてしまった。

その手は俺のメガネを外し、どういうわけかそのまま俺のブレザーのポケットに入れた。

「気持ちが盛り上がったから、これはサービスということで」

「どういう――むぐぐ」

すべて言い切る前に、結月が俺を胸元に抱き寄せた。彼女の柔らかい魅力の詰まった膨らみをこれでもかというくらいに感じる。

「どうする？　ここでえっちな展開に突入しちゃう？」

俺は慌てて彼女から離れる。引き離すときに結月が「あん」とわざとらしい声を漏らした。

「帰る。励まして損した」

教室に戻ることにした。

すたすたと、彼女の次の一手が飛んでくる前に歩き出す。

彼女は慌てて後ろをついてくる。その表情はこれでもかというくらいに嬉《うれ》しそうで。

「ありがとうね、蒼《あお》くん」

「なにが?」

もちろん分かっていたけれど、照れ隠しに気づいていないふりをした。

そんな俺の反応に、結月《ゆづき》はふふっと笑う。どうやら見透かされているようだ。

「いえ、なんでもないわ。言いたかっただけ」

「さいですか」

ぶっきらぼうに言葉を吐いた俺の隣に結月が追いついてくる。

本来であれば、校内でこうして隣り合って歩くのは避けたいところなんだけど。

「あのね、そもそも私が図書室に行ったのは蒼くんに話したいことがあったからなの」

そう言われると、さすがに離れてくれとも言えない。

「なに？」

「もうすぐみんなが楽しみにしているあのイベントが待ってるでしょ？」

「期末テスト？」

「違う。もっと楽しいイベント」

「お正月か。お年玉が待ち遠しいな」

「ちょっと行き過ぎ。もうちょっと戻って」

「クリスマスね」

さすがに分かっていたけど、やられっぱなしなのもどうかと思い、ひとボケ挟んでみた俺であった。真面目なトーンで返されたので、もしかしたら俺が期末テストを楽しみにしている人間だと思われたかもしれない。

「ねえ、蒼くん。クリスマスなんだけど」

＊

その日の夜、俺は自室で一人考え事をしていた。床に敷かれたカーペットに寝転がり、天井をぼうっと眺める。

考え事、というのはクリスマスのことだ。

今日、図書室からの帰りに結月からクリスマスについて訊《き》かれた。

『ねえ、蒼くん。クリスマスなんだけど、私は、あなたと一緒に過ごしたいと思ってるわ』

最初は結月と陽花里《ひかり》が俺に積極的なアプローチをしてくれていたけれど、今となってはそんな一方的なものではない。俺自身も、彼女たちとの関係についていろいろと考えるようになっている。その為《ため》には、お互いのことを知る必要があって。

クリスマスはきっと、もってこいのイベントで。

本来ならば、俺から誘うべきものだった。

『二十四日は友達と予定があるの。あ、安心してね、女の子だけの百合《ゆり》パだから。なので、二十五日に会えると嬉しいのだけれど』

『なんだよ百合パって。一応、陽花里にも話をしてから予定を考えたいから、もうちょっとだけ待っててもらっていいか？』

挙げ句、保留という。

日比野《ひびの》の言うところのクソ野郎というのも、存外間違いではないのかもしれない。

「……あのさ、退《ど》いてくれる？」

「あ、ごめん。座りにくそうだけどちょうどいいところにイスがあると思ったらお兄ちゃんだったんだね！」

「座りにくそうは余計だろ！」

「……イスの方はいいんだ」

悲しそうに言ってから、朱夏《しゅか》は立ち上がる。実の兄をそんな目で見ないで。

俺の部屋に、相変わらずノックもなしにやってきた朱夏は何の躊躇《ためら》いもなく、寝転がる俺の上に座ってきた。あんまり重たくなかったので、しばらく放置してみたが一向にアクションを見せないのでさすがに触れてしまった。

「なんか用か？」

「あたしがなんの用もなくお兄ちゃんの部屋に来ると思う？」

「たまに来るじゃん」

言うと、朱夏はつまらなそうにむすっと膨れた。なぜそんな顔をする。

「それで？」

俺はとりあえず話題を戻す。

「ん？」

「用件は？」

「え、ないけど?」

なんで? みたいな顔をする朱夏に、俺はさすがに戸惑いの表情を浮かべてしまう。数秒前の自分の発言に対してなにも思わないのだろうか。兄との会話適当すぎない?

「なーんてね」

俺がしっかり戸惑っていると、朱夏がぺろっと舌を出しながらお茶目に笑ってみせた。騙《だま》されたでしょ、とでも言いたげな笑みにストレスゲージがギュンギュンと上昇する。

「暇だったから、お兄ちゃんと絡《から》みに来たの」

「ないじゃん、用事」

「はぁ? 可愛《かわい》いかわいい妹が、お兄ちゃんみたいな陰の者と話してあげるって言ってるんだよ? 感謝されることはあってもぞんざいに扱われる筋合いないんですけど!」

ぷんすかぷんぷんと頰を膨らませる朱夏。このように、なんの用事もなく暇だからという理由で俺の部屋を訪れるのは初めてではないので、今さら思うことは特にない。

「なんか話して?」

当たり前のようにベッドにダイブした朱夏が俺の方を見ながらそんなことを言う。

やってきたのに全部こっちに丸投げしてくるとか恐ろしすぎる。これで提供した話題がつまらなかったら逆ギレしてくるのだから、なおのことだ。

まあ、ちょうど考えをまとめていたところだし、朱夏の意見も訊いてみようか。

「朱夏ってモテんの？」

「え、兄妹《きょうだい》で恋バナするの？　お兄ちゃんにあたしの恋愛事情把握されたくないんだけど」

「雑談だって」

うへえ、とわざとらしく嫌そうな表情を作る朱夏。たまにそういうリアクションするけどマジっぽいから毎度ドキドキさせられる。本気だったらどうしよう。

「それで？」

「んー、まあそれなりにはモテるよね。だってほら、あたしってビジュアルは八十五点くらいでしょ？」

「自己評価高いな」

とはいえ、事実でもある。妹だから何とも思わないけど、整った顔立ちはしている。スタイルは残念な部類に入るけどマニアには刺さるだろうし。朱夏が言うには学校では結構な優等生で通っているらしい。俺と違ってフレンドリーだから友達も多い。性格に若干の難があるけどそれもきっと上手《うま》く隠しているに違いない。

「まあいいけど。もしも、イケメン二人から付き合ってほしいって言われたらどうする？」

「ビジュアルレベルが同じなら他の部分で選ぶかな。性格とか趣味の合致とか」

「その辺もだいたい同じ感じだったら？」

「とりあえずデートするよ。結局遊んでみなきゃ相性なんてわからないしね」

「それでどっちとも良い感じだと思ったら？　どっちかを選ぶか？　それとも……」

俺の質問連打に違和感を覚えたように眉をひそめつつも、それでも朱夏はむうと悩んで答えをくれる。

「そんなことがあるとは思えないけど、もしそうだったら、それでもどちらかを選ぶだろうね。二人と付き合うわけにはいかないし、かといって二人と付き合わないのは違うだろうし」

やっぱりそうなんだよな。

昔がどうだったかは知らないけど、今の時代では少なくともそれが当たり前というのが、世間の認識だ。

「例えばだぞ。朱夏がクリスマスにそのイケメン二人とデートしようと考えてるとして、どういうスケジュールにするのがいいと思う？」

「さっきからやけに質問が具体的だなぁ」

いつの間にか起き上がってベッドに座っていた朱夏が、顎に手を当てて難しい顔をした。

むむむ、と数秒唸《うな》った朱夏はハッと目を見開き、そして信じられないとでも言いたげな顔をこちらに向けた。

「な、なんだよ？」

「あの日、倒れている女性を囲んでいた女の子は二人いた。そのうちの一人は黒髪の美人さん。その隣にいた人も同じくらいに若かった……多分、姉妹とかだよね。お母さんを助けてくれたお兄ちゃんに好意を抱いた片方。だとしたらもう片方だってそうなってもおかしくない」

ぶつぶつと早口に言って、そして朱夏は勢いよく立ち上がり仁王立ちをしてビシッと俺を指差してきた。

「お兄ちゃん、もしかして二人から言い寄られている⁉」

恐るべき推理力に脱帽した俺はすべてを白状した。

事の発端から今に至るまでの説明を相槌《あいづち》だけ打ちながら最後まで聞いていた朱夏は、数秒の沈黙の中でごくりと生唾を飲み込み、ようやく口を開く。

「……お、お兄ちゃんにモテ期がきている」

信じられねえ、と顔が言っている。

いや気持ちは分かるけど。

ついこの前まで恋人はおろか友達さえまともにいなかった俺が、二人の美少女から言い寄られているとか、どこのラブコメだよと言いたいだろうけど。

「それで、お兄ちゃんはどうするつもりなの？」

事情を把握した朱夏が改めて訊いてくる。

「それが決まってれば苦労はないって。だからお前に話を訊いたんだろ」

「双子ってことは陽花里さん？　は結月《ゆづき》さん？　と同じくらい可愛いってことでしょ？」

俺がすべてを説明したことで朱夏はようやく結月と陽花里の名前を把握した。

けれど、まだ曖昧だったのか呼ぶ声は少し自信なさげだった。

「まあ、そだな」

「そんなのもう二人まとめて愛するしかないんじゃない？」

にやにやしながら朱夏が言う。さてはこの子、他人事《ひとごと》だと思って楽しんでいらっしゃるね。

日比野といい、どうして俺の周りの奴《やつ》らはこうなんだ。

「さっきと言ってること違うんだが？」

「リアルで起こってるっていうなら話は別でしょ。あたしがお兄ちゃんの立場ならうはうはだよ？」

「お前なぁ……」

みんな軽く考えすぎじゃないだろうか。この状況を楽しむ余裕なんて俺にはないんだけど。

それとも、俺が重く捉えすぎているのだろうか。世の中の人ってそんなもんなのかな？

俺が恋愛に対して潔癖すぎるのか？

「よっと」

俺が考えていると、満足したのか朱夏は立ち上がりベッドから降りた。そのままスタスタと歩いていく。

「お兄ちゃんの面白い話が聞けて満足したから戻るね。またなにか続報があったら逐一報告すること。いい？」

「いいわけあるか」

俺が冷たく言うと、朱夏はぶうと頬を膨らませた。

もういいよ、と言って朱夏が部屋から出て行こうとした。しかし、ぴたりと動きを止めて改めて俺の方を振り返る。

「ねえ、お兄ちゃん」

これまでと違い、どこか真面目さが混じった声のトーンだった。どうしたのかと俺は言葉の続きを待つ。

「恋愛ってさ、楽しむものなんだよ？」

「急になんだ」

「悩むのはいいけど、苦しむのは違うと思う。辛《つら》いこととか悲しいこととか、いろんなことがあるけどさ、そういうの全部まとめて楽しまないと損だよ」

「……」

恋愛経験豊富な熟練の女みたいな雰囲気を醸《かも》し出して朱夏がそんなことを言う。俺が知る限りでは彼氏はいたことないのに。こっそりと作ってたりするのかな。それなりにモテるとか言ってたし。なにそれなんか複雑なんだけど。

「今のお兄ちゃんは、楽しんでないように見えるけどなぁ」

それだけ言って、朱夏は今度こそ部屋から出て行った。

俺はぱたりと床に倒れて天井を見つめる。頭の中でぐるぐると回る朱夏の言葉を反芻《はんすう》した。

「……あいつ、人生二周目か？」

＊

結論から先に言うと俺は今、掃除用具入れの中にいた。

「結構、せまいですね？」

陽花里《ひかり》と。

その距離、わずか数センチ。彼女の体温を間近に感じる。

「そう、だな」

なんでこんなことになったのかと言うと、それは十五分前に遡る。


結月とクリスマスの話をした翌日。

予定を立てるためにも、陽花里と話す必要があると考え、俺はその機会を窺《うかが》っていた。

しかし、さすが人類皆友達を謳《うた》うコミュ力お化けの陽花里である。一人になるタイミングというものがとにかくない。いつも、誰かが近くにいる。徹底マークされている。強豪校のエースか。

一応、朝にメッセージは送ってある。

なので陽花里も俺の考えは把握してくれているんだけど、彼女自身なかなかタイミングを摑《つか》めないでいるようだ。お人好《ひとよ》しだから、話しかけられるとついつい応じてしまうんだろうな。それは仕方ないね。それでこそ琴吹《ことぶき》陽花里だもの。

なんてことを言っているうちに放課後になった。

学校外で会うという選択肢もあった中、俺はクラスメイトがぞろぞろと教室を出ていくところを自分の席でぼうっと眺めていた。半数以上がいなくなった教室で、陽花里は男子二人に絡《から》まれていた。

「陽花里はクリスマス、予定とかあるの？」

俺が確認しようとしていたことを先に訊《き》かれてしまう。さすが陽キャだ。

「あ、えっと、家族で過ごすと思いますよ？」

珍しくしどろもどろになりながら陽花里はそう答えた。

あれ、でも結月はクリスマスが空いてるって言ってたような。夜に家族で過ごすとかなのかな。

すると片方のロン毛の男子生徒がヘラッと笑いながら口を開く。

「へぇ、そうなんだ！　イブは？」

「イブはお友達と約束しています」

今度はしっかり、はっきりと答える。

「いいなぁ。オレらも陽花里とクリスマス過ごしてぇー」

ロン毛じゃない方の、こちらはツリ目の男子生徒が明るい声で言う。

つまり彼らの言いたいことは最後の一言に詰まっていた。まだ諦めていない様子の二人に、陽花里は「あはは、えっと」と苦笑いを見せるだけだった。

人気なんだなぁ、と改めて思わされる。

陽花里は可愛《かわい》くて、優しくて、面白くて、気遣いができて、いいところを上げればキリがないような女の子だ。クラスどころか、そこかしこで人気がある。本来ならば俺なんかじゃ手が届かない相手。

そんな彼女が、俺のことを好きでいてくれる。

「あの、わたし約束があるので、そろそろ行きますね」

陽花里と男子二人の談笑を傍観していると、気づけば教室の中には俺と陽花里たち三人以外みんないなくなっていた。

「あ、まじ？　じゃあ帰っか。奈々《なな》とかまだいるかな？」

「どうだろ。ラインしてみるか。行こうぜ、陽花里」

「あー、はい、そうですね」

先導する男子二人についていく陽花里。教室から出る際に一瞬だけこちらを見てきて目が合った。何を考えているのか絶妙に察せられない表情でのアイコンタクトを送ってきていたけど、意図が読めない。

とりあえず、ちょっと待ってから教室を出るか。

カバンから小説を取り出して待機モードに突入する俺。

五分ほどして。

「お待たせしました！」

陽花里が戻ってきた。どうやらさっきのアイコンタクトは『待っててね』という意味だったらしい。まだまだ俺には難解だったな。修行が足りないようだ。

「いや、全然」

小説を閉じてカバンに入れながら答えて、陽花里のもとへ向かう。

「ごめんなさい。なかなか、一人になるタイミングが見つからなくて」

申し訳なさそうに頭を下げる陽花里。

「別に謝ることじゃないだろ。人気者なのはいいことだしさ」

「……ありがとうございます。あの、ところでお話というのは？」

小さく微笑《ほほえ》んで言った陽花里が、仕切り直すように明るい調子で訊いてきた。

にこにこと、それはもうご機嫌なのが見て取れる。

「なんかいいことあった？」

「なんでです？」

「いや、なんかご機嫌だなと思って」

言うと、陽花里はえへへと笑う。

「いいことならありましたよ。こうして、放課後ですけど学校の中で蒼《あお》とお話しできているので」

その程度のことでここまでご機嫌になられると照れてしまう。

いや、逆に言えば、それだけ彼女たちに我慢させているとも取れるわけだが。

「なんか、変な感じしますね。蒼とこうして教室でお話ししてるの」

そう言って、陽花里は教室の中を見渡す。

彼女に倣《なら》い、俺も周囲に視線を巡らせた。

誰もいない教室。グラウンドからは野球部やサッカー部の元気な声が響いていて、校舎のどこかからは吹奏楽部の練習の音が届く。

「ちょっとだけいいですか？」

「いいけど。なに？」

甘えるような声色に俺は頷《うなず》いた。

俺の用事は別に急ぐものではない。なので、普段我慢をさせてしまっている分、こういうときくらいはわがままを受け入れるべきだ。

「では、蒼は自分の席に座ってください」

陽花里が俺の席を指差す。

俺は言われるがままに腰を下ろす。陽花里は陽花里で自分の席に座った。

陽花里の席は教室前方のドア付近なので、俺の席とは少し離れている。この距離で会話をするなら少し声を大きくする必要があるな。

なにが行われるんだろう、なんてことを思っていると。

陽花里はちらと俺を振り返り、手を振ってくる。戸惑いながら、とりあえず軽く手を挙げて反応すると、彼女は立ち上がり、すたすたとこっちに歩いてきて、俺の目の前に立った。

座っている俺を見下ろす陽花里が急にへへっと笑った。

「なに？」

「いえ、いつかしてみたいなって思ってたので」

陽花里の不鮮明な発言に俺は首を傾《かし》げた。

彼女はそのまま前の席に座る。

「蒼の言っていることはわかってるんです。目立ちたくないって思ってることも、わたしたちと関わると目立っちゃうことも。だから、今はわたしも学校では話しかけないようにしてます」

そう口にする陽花里の表情は、いつもと違って少し大人びているように見えて。

けど、俺の机に肘をついて手のひらに顎を乗せた陽花里がにっと笑うと、雰囲気はいつもの彼女に戻った。

「だから、いつか蒼がもういいよって言ってくれたら、みんなの前で何も気にせず、思いっきりお話ししたいなって思ったんです」

そう言った彼女に、俺は返す言葉が見つからず、思わず視線を逸《そ》らしてしまう。

「えっと、それでお話しというのは？」

俺が困っていると察したのか、陽花里が空気を変えるようにいつものような明るい調子で尋ねてきた。

だから、俺は彼女の言葉を頭の片隅に置き、調子を合わせて答えることにした。陽花里の言ったことを実現させるためにも、まずは向き合うべき問題があるのだ。

「ああ、そう。クリスマスのことでちょっと訊きたいことがあったんだけど」

イブは友達と、当日は家族と過ごすと陽花里はさっき言っていたので確認の意味もなくなった。

「クリスマス！」

ぱあっと明るくなった陽花里の表情が、次の瞬間に険しいものに切り替わる。

そして、しっと指を口に当てて沈黙を促してきた。

「え、なに。怖いんだけど」

「誰か来ます。このままだとバレちゃう」

陽花里は、俺の人の目のあるところでは関わらないようにというわがままを忠実に守ってくれている。だから、こうして放課後に会っているところを見られると俺が困ると思い、気にしてくれているのだ。

「こっちに来てください！」

陽花里は立ち上がり、俺の手を引き走り出す。

そうして、俺と陽花里は掃除用具入れの中に隠れ、今に至る。

「はあ、はっ」

陽花里(ひかり)の息遣いがすぐそこに感じられて、変な気分になりそうだった。用具入れの中は思っていたより通気性が悪く、二人一緒に入っていることもあり非常に暑い。

夏というほどではないけど、頬を汗が伝うくらいには体温が上がっている。まあ、それは俺と陽花里の体が密着しているから、というのもあるだろうけれど。

わずかでも動けば、体の至るところで陽花里を感じさせられる。

目の前には陽花里の頭部がある。結月《ゆづき》に比べると控えめな胸部も、こうして密着するとしっかり膨らみがあることに気づかされる。さっきから、あまり体勢が整わないのかもぞもぞと動いている陽花里。その度、胸がむにゅむにゅと押し当てられるのだ。

用具入れのわずかな隙間から外の様子を窺《うかが》う。

「そろそろ行かないと先輩に怒られる？」

陽花里の勘は的中し、先ほどクラスの女子二人が教室に戻ってきた。

少しの間、ダルいだの帰りたいだの愚痴を吐いていたけれど、覚悟が決まったのか一人がそう口にした。どうやら部活に行きたくなくて現実逃避していたようだ。

「そだね。誰もいないし、ここでぱぱっと着替えちゃお」

「部室汚いしね。さんせー」

え、まじかよおいおいここに男子いますけど。

俺が動揺していると、陽花里がもぞもぞと動く。瞬間、用具入れがガタリと動いて、俺は心臓を摑《つか》まれたような気分になった。ここで見つかったらいろいろ終わってしまう。俺明日から学校来れなくなっちゃう。

「蒼、見ちゃダメです」

陽花里が俺の両頰に手を添えて、顔を無理やりに自分の方に向けた。

これまで俺の後ろに伸ばして自分の体を支えていた両手を俺の顔に持ってきたことで陽花里はバランスを崩した。結果、さっきの音が鳴ったようだ。幸い会話に夢中だったからか女子生徒には気づかれていないっぽい。

そんなことより。

自分の体を支えるものがなくなった結果、陽花里の体重が俺に預けられる。

つまり、さっきよりも彼女の存在を感じてしまうことになっている。

「わたしを見ていてください」

暑さのせいで頭がくらくらする。汗で濡《ぬ》れた前髪や、リップのおかげか艶《つや》やかな口元、上から見下ろしているから視界に入る首周りの肌色が俺のリビドーを刺激してくる。なんか最近こんなのばっかだ。

「……あれ、なんか当たってる？」

「あ、ちが」

ガタリ。

俺がバランスを崩した次の瞬間、俺と陽花里は同時に横へ倒れてしまう。こうなるともう支えることも難しく、抵抗する間もなく俺たちは用具入れから飛び出てしまった。ああ、これで俺の学校生活終わった、と諦めたけれど。

「……もう、行っちゃってたみたいですね？」

「まじで助かった」

俺は安堵《あんど》の息を漏らす。

ていうか、よくよく考えれば一緒に入る必要は全くなかった。なんなら、隠れるまでもなく喋《しゃべ》るのをやめるだけでもよかったままである。慌てていたからそこまで考えていられなかった。

もうこんな思いはごめんなので、荷物をまとめてさっさと教室をあとにする。

帰り道、人がいないこともあって、何となく並んで歩く。夕焼けが差し込む坂道を俺たちはゆっくりと歩いていた。

「なんか、こういうのいいですね！」

一緒に帰ったことはこれまでになかったので、違和感というか変な感じはしたけれど、悪い気はしなかった。むしろ、良い気分ですらある。

「そうだな」

だから、俺は素直にそう答えた。

陽花里はんふふと嬉《うれ》しそうに笑っていたが、何を思い出したのかハッとして俺に向き直った。

「そうです！　クリスマスです！」

「ああ、そうだった」

そんなこと、すっかり頭の中からぶっ飛んでいた。あんなことがあったのだ、無理もない。

「陽花里はクリスマスの予定ってどうなってる？」

さっき教室で男子が訊《き》いていたので知ってるんだけど、一応訊いておく。

「二十四日はお友達とクリスマスパーティーをするんです。あ、女の子だけなので安心してくださいね。二十五日は空いてるので、デートをするならその日が狙い目ですよ？」

「あれ、さっき家族と過ごすとか言ってたような」

「き、聞いてたんですか⁉」

恥ずかしそうに口元を震わせる陽花里。別に訊かれてまずいことでもないと思うけど。

「ごめん。聞こえてきたから」

なんか悪いことをしたような気分になったので、一応謝っておく。陽花里はううう と嘘《うそ》泣《な》きをするように唸《うな》ってから、改めて顔を上げた。その顔はやっぱりまだ恥ずかしそうで、頬は赤くなっていた。

「蒼《あお》とデートがしたかったので、嘘ついたんです。悪いことしちゃいました」

「……そ、か」

陽花里の不意打ち攻撃に俺は言葉を失った。

そんなことを言われたらクリスマスに会わないわけにはいかないじゃないか。陽花里はイブの日は友達と約束があるから、二十五日しかダメで。結月も確か二十四日は予定があるって言ってたっけ、だからクリスマス当日しか……。

「……ん？」

…………あっれぇぇぇぇ⁉

＊

情報を整理しよう。

俺の当初の予定としては、クリスマスはできることなら二人と会ってもっとお互いのことを知りたいと思っていた。けど、二人と同時に会うのは大変なので、別々の日に会うことを考えていた。

しかし。

結月は二十四日に予定があり、二十五日しか空いていない。

陽花里も二十四日に予定があり、二十五日しか空いていない。

つまり二人とクリスマスに会うには二十五日しかチャンスがないということだ。アフタークリスマスである二十六日を使うという手もある。なんだアフタークリスマスって。

しかしこれには一つ、問題がある。

クリスマスというのは人によっては非常に特別な一日らしい。その日に会うことに大きな意味を見出《みいだ》していることがあるのだとか。俺はこれまでの人生から、そこまで思ってはいないんだけど、もし彼女たちが重要視しているとしたら、いらぬ諍《いさか》いを生んでしまう恐れがある。

『ねえ、蒼くん。クリスマスなんだけど。私は、あなたと一緒に過ごしたいと思ってるわ』

『蒼とデートがしたかったので、嘘ついたんです』

自分たちの気持ちを正直に伝えてくれた結月と陽花里。

そんな二人に、今この場においては優劣をつけたくない。上手《うま》く調整できればよかったんだけど、どうやらそういうわけにもいかない。だとしたら、俺が二人に見せることができる誠意はなんなんだろう。

「……」

最初はこんな気持ちを抱くなんて考えてもいなかったな。

まさか俺が、女の子二人から言い寄られるなんて。まるで夢のようというか、どうにもフィクションじみているというか、どこか今でも信じられないような時間が続いている。けど、それが現実で。

だから、俺の前には目を逸《そ》らせない大切な問題があって。

その問題の先にある分かれ道。これから進むべき道を決める為《ため》に、俺がこのクリスマスにしなければならないことは。

進むべき道。
進みたい道。
「よし」
俺はスマホを取り出し、メッセージを打ち込んだ。
そして、結月と陽花里、それぞれに送る。
今年のクリスマスは、どうなってしまうのだろうか……。
一抹の不安と込み上げてくる期待。
それらを忘れようと、俺は筋トレを始めた。

幕間《まくあい》二　クリスマスはどちらと過ごす？

　こんこん、とドアがノックされる。

　琴吹《ことぶき》結月《ゆづき》は「どうぞ」と、何を思うでもなく返事をした。何となく、自分の部屋に人が来るような気がしていた。むしろ、もう少しして来ないようなら自分から行こうと思っていたほどだ。

「結月。いま、だいじょうぶ？」

　ドアを開けて、顔を覗《のぞ》かせたのは陽花里《ひかり》だ。

　お風呂上《ふろあ》がりらしく、頭にはオレンジ色のヘアバンドが巻かれていた。ジェラートピケのもこもこしたパジャマを着ている状態で結月の部屋に入ってくる。どこかに座るのかと思えば、陽花里は閉めたドアの前に立ったままだ。

「いいけど。座らないの？」

　結月もお風呂は既に済ませており、ダボッとした大きめのシャツにショートパンツを穿《は》いている。

ドアの前から動かない陽花里を怪訝《けげん》に思いながら言う。

「うん。ここでいいや。ちょっと話したいだけだし」

「そう。私も少し話したいと思っていたから、ちょうどよかったわ」

結月の言葉に、陽花里は「だよね」と小さく呟《つぶや》いた。

ついさっきのことだ。

結月のもとに蒼からメッセージが送られてきた。

自分だけでなく、陽花里にも関わる重要な内容だったので、きっと陽花里の方にも届いているだろうと思った。そして、その通りだった。

「蒼《あお》からのメッセージ、見たよね？」

「見たわ」

蒼からのメッセージはこうだった。

『クリスマスについて、結月と陽花里、それぞれと話をした。

二人とも二十四日には予定があって、二十五日しか空いてないらしくて
いろいろ考えたんだけど、クリスマス当日に二人と会うっていう形を許してもらえないかな』

数秒、二人は視線を交わす。

「理想を言えば、それぞれ別の日に会いたいっていう気持ちはあったわ。まあ、それは蒼くんも同じでしょうし、陽花里もそうでしょ？」

「そうだね。そっちの方がゆっくりできるし、もっといっぱいお話もできる。クリスマスに、蒼をひとり占めしたいって思うよ」

今、蒼の気持ちは結月と陽花里の間で揺れている。

それは、これまで接してきて何となく感じていることだ。出会った頃に比べて、確実に彼の心は変わってきている。もしかしたら彼が答えを出す日はそう遠くないのかも、そう思わせるほどに。

「これはきっと、いろいろ考えてくれたのよね」

結月はスマホに表示させた蒼からのメッセージに視線を落としながら笑みを浮かべる。

「うん。それはすっごく伝わってくる」

陽花里も同じようにスマホを見た。彼からのメッセージに、自然と口元が緩んでいた。

蒼が答えを出す。

それはつまり、結月と陽花里、どちらかが選ばれ、どちらかが選ばれないということだ。

もしも、その時が近づいているのだとしたら、今できることをしないと絶対に後悔する。

そのためにもこのクリスマスという一大イベントで、さらなるアピールをしたいというのが二人の本音だ。

「あのね、結果的にわたしたちって同じ人を好きになったでしょ？」

陽花里の言葉に結月は頷《うなず》いた。突然どうしたんだろう、という疑問が浮かぶ。

「無理もないわよ。あのときの蒼くんはほんとうに格好良かったもの。それだけじゃなくて、彼と同じ時間を過ごせば過ごすほど、心惹《ひ》かれる自分がいるわ」

「うん、だよね！　あんな登場して、颯爽《さっそう》とお母さんを助けてくれて。それで好きになるなっていうほうが無理だよ」

楽しそうににこりと笑って言った陽花里の表情が、すっと何かを懐《なつ》かしむような優しい笑みに変わる。

「でもね。わたし、結月のことも好きなんだよ。この先もずっと、一緒にいたいと思ってる」

「姉妹だし、双子だし。切っても切り離せないんじゃないかしらね」

陽花里のまっすぐな気持ちに照れてしまい、結月はついそんなことを言ってしまう。

「結月は蒼のこと、好きだよね？」

「今さらなによ。もちろん、大好きよ」

だよね、と陽花里は笑う。

「わたしも好きだよ。大好きなの。蒼のことを思うと、どきどきする」

双子の姉妹が同じ人を好きになった。

普通に考えて、恋愛において勝者は一人。それ以外は全員が敗者となる。もちろん、二人の頭の中にも、その考えがある。

「同じ人を好きになったけど、だからってこの先、わたしたちの関係が崩れるのはいやなんだ。もし結月が選ばれたらおめでとうって言いたいし、わたしを選んでもらえたら結月にはおめでとうって言ってほしい」

「……そうね」

陽花里は改めて、スマホを見る。

「だからさ、クリスマスは三人で過ごそう？」

「陽花里はそれでいいの？」

結月の言葉に、陽花里は間髪入れずに「うん！」と頷いた。それだけで、それが本心であることが伝わってくる。

「きっと三人でも楽しいよ。お互いに負けないぞって思いながら、いっぱいアピールすればいいんじゃないかな」

「それだと、蒼くんが大変そうね」

その光景を思い浮かべてか、結月がおかしそうにくすりと笑う。

「蒼ならだいじょうぶだよ。きっと、わたしたちの全部を受け止めてくれる」

「……いいわ。そうしましょう」

結月はゆっくりと陽花里の前まで歩いて近づく。

陽花里は目を逸らすことなく、じいっと結月を見つめていた。

「どっちが勝っても恨みっこなしね」

「うん。負けないから！」

負けたくないという気持ちがあって。

だからといって嫌いという感情に直結するわけでは決してない。好きだからこそ、負けたくないと思うこともある。互いが互いを意識し合って、ここまで二人はやってきた。

それが結月と陽花里という双子の在り方だった。


そして、時が過ぎ。

蒼の。

結月の。
陽花里の。
三人の関係が大きく変わることになる、聖なる日が訪れる。

第五話　聖なる日の双子戦争

十二月二十五日。

十時過ぎまで布団《ふとん》にくるまっていた俺だったけど、さすがにそろそろ起きるかとのそのそ動き出す。顔を洗い目を覚ましたあと、寒さを確認しておこうと思い外に出た。

「……さむ」

一歩出た瞬間、というか玄関の扉を開けた瞬間に体が寒さで震えた。上下スウェットだけど全然寒い。これはちゃんと防寒する必要があるな。

二秒と経《た》たずに家の中に戻る。

人間がいかに暖房に助けられているかを痛感させられた。さむさむ、と口にしながら自室に戻り、服を着替える。

昨日のうちに準備していた服に袖を通す。少しずつ勉強しているものの、まだまだファッションセンスが一般レベルに満たない俺は、ここ数日ずっと、今日の服装をどうしようかと思っていた。

朱夏《しゅか》がご機嫌な様子で俺の部屋にやってきたのは三日前。

『はい、お兄ちゃん。メリークリスマス！』

『まだクリスマスじゃないけど？』

『当日はお兄ちゃん、家にいないからクリスマスイヴパーティーをしようと思って』

『……それで晩飯が豪華なのか』

その日の食卓にはピザとチキン、それに加えてクリームシチューが並べられていた。デリバリーかと思ったけど、どうやら全て朱夏が作ったらしい。もう店が出せるレベルだ。俺の妹が有能すぎる。

『それなら二十四日で良かったのでは？』

『二十四日はあたし予定あるの。お友達とパーティーするんだ。あ、安心して。女の子だけのパーティーだから』

『別に気にしてない』

とは言いつつ、少しだけ安心した。

『二十三日は？』

『その日はお父さんの命日でしょ。さすがにその日にクリスマスパーティーっていうのはどうかと思わない？』

『まあ、そだな』

そんなわけで二十二日に桐島《きりしま》家では少し早めのクリスマスイベントが開催された。

『で、これは？』

『今年のお兄ちゃんへのプレゼントはおしゃれな冬服です。あたしとお母さんからね。お金はお母さん、服を選んだのがあたし』

渡された大きな紙袋の中には数着の服が入っていた。上から下まで一式揃《そろ》っている。

『……ありがとう。じゃあ、俺からも渡しとくか』

『え、お兄ちゃんからのプレゼントあるの⁉　わーい！　ありがとーっ！』

『あんまり期待はするなよ？』

『それはしてないから大丈夫』

『それはそれでどうかと思うけど』

言いながら部屋に戻り、朱夏へのプレゼントを持ってきてそのまま渡した。

クリスマスに会うということで結月《ゆづき》と陽花里《ひかり》へのプレゼントを用意する一方で、あまり気を遣う必要のない朱夏へのプレゼントが先に決まったのだ。

『朱夏はいつも服をくれるから、俺も成長度合いを見せようと思ってさ。朱夏が気に入るようなおしゃれな服を買ってみました！』

どやっ、と包装をガサゴソ開ける朱夏に向けて言うと、中身を出した朱夏は凄《すご》く嬉《うれ》しそうな顔をする。そして、クリスマスに相応《ふさわ》しい一〇〇点の笑顔を俺に見せてくれて一言。

『ありがとう、お兄ちゃん。部屋着にするね』

妹が厳しかった。

＊

シュッとした良い感じの黒いパンツに白のニット、その上から黒のアウターを羽織る。それだとクリスマスのわりに少し地味だということで赤色のマフラーを首に巻く。姿見で自分の全体を見ると、これがなかなかどうして悪くない。しかし、どこか着せられている感が否《いな》めないのは仕方ないことだった。

待ち合わせは昼の一時。

ここから電車で少し行ったところにある越野《こしの》駅の駅前が集合場所となっている。越野駅は都会ほど栄えてはいないけど、ある程度の娯楽が整っている。寄り道といえば皆倉《みなくら》市だけど、あそこには人が集まっているだろうから、今回はあえてこちらを選んだ。クリスマスなので、きっとどちらも大して変わらないと思うけど。

「……ふう」

時間は十二時四十五分。

待ち合わせ時間より少し前に到着した俺はホットドリンクを自販機で購入し一息つく。

不思議と緊張はなかった。

カフェオレをごくりと飲み、空を仰ぐ。吐く息は白く色づき、風に吹かれて消えていく。

父さん、寒い日は、よくホットココアを買ってくれたっけ。

「お待たせ」

ぼうっとしていると、いつの間にか時間が経っていたようで聞き馴染《なじ》みのある声に話しかけられた。

「あ、いや、俺も今来たとこだし」

時間的には待ったように思えるけれど、考え事をしていたので待ったという感覚はほとんどなかった。だから、俺は咄嗟《とっさ》にそんなことを口にした。

「そのわりに、缶の中はもうないんじゃない？」

そう言って、結月はくすっと笑う。

制服以外の姿を見るのにも慣れてきたと思っていたが、クリスマスとなるとやはり特別なのか、いつもより気合いが入っているような気がした。

普段は見ないカチューシャのようなものが頭についている。赤色なのはクリスマスを意識してだろうか。耳元にはきらりと光るアクセサリーが見えた。イヤリングやピヤスの類《たぐい》に違いないが、よく分からない。

結月は日頃からスカートのイメージが強く、パンツスタイルの印象があまりない。

今回は行く場所的にスカートではないのかなと思ったけれど、白のふわふわしたニットのワンピースをチョイスしていた。

もちろん下に何か穿《は》いているんだろうけど、一見そうは感じられないのでドキドキさせられる。そこから伸びる足はタイツに守られているので、寒さ対策はバッチリのようだ。

その上からベージュのコートを羽織っていて、女の子っぽさを残しつつ少し大人びた印象のある服装だ。

「どうかした?」

俺が見ていたことに気づいたのか、結月が首を傾《かし》げながら俺に上目遣いを向けてきた。

「いや、服がいつもと違う感じだなって」

誤魔化すほどのことでもないし、そもそも誤魔化すための言葉が浮かばなかったので、俺は正直に服装を見ていたことを白状した。

「私、どちらかというとスカートの方が好みなんだけど、今日は体を動かす予定でしょ。

だから、スカートだと動きにくいかなって。けど、パンツスタイルだとイメージと合わないから、ちょっと冒険してみたの」

変かしら、と自分の格好を見ながら説明してくれる。どうやらいろいろと考えてくれていたらしい。朱夏に貰《もら》った服に袖を通しただけの俺とは大違いだ。

ちら、と俺に視線を向けてくる結月が何を思っているのかはさすがに分かる。そんな促されなくても、ちゃんと口にしますとも。今に見ていなさい。

「いや、似合ってるよ。か、か、か」

「か？」

可愛《かわい》い、という言葉を口にするのはまだ厳しいらしい。何というか、恥ずかしさを捨てきれない。俺ってば全然成長できていないじゃん。

俺の心境を察してか、結月がくすりと笑う。

「なに？　ちゃんと言ってくれないと分からないわ」

耳をこちらに向け、楽しそうな声色でそんなことを言ってきた。絶対に分かっている顔だ。

言うんじゃなかった、と思いながらも俺は覚悟を決めて口を開く。

「……か、可愛い、と思う」

「ふふ、ありがと」

さっきまでのからかうような表情とは打って変わって、口角をにいっと精一杯上げてはにかむように結月が笑った。いつもはあまり見せない子どもっぽい笑みに、俺の心臓はどきりと跳ねる。

「ちなみにここでクエスチョン」

「急になにさ」

「私の、このニットの下はどうなっているでしょうか？」

さっきまでの可愛らしい表情から一変し、いつもの俺をからかうときの嗜虐《しぎゃく》的な笑みを浮かべている。このモードの結月は相手をするのが大変だ。クリスマスという特別な日でも登場してきた。

「そんなの考えるまでもないよ。どうせ短いズボンとか穿いてるんだろ？　さすがにそれで穿いてなかったら痴女だって」

その短さで、下に何も穿いてませんというのは常識的に考えてあり得ない。

しかし、ははっと笑う俺を見て、結月は「え……」みたいな顔をする。

え、嘘《うそ》でしょ？

「え、ほんとに穿いてないの？」

「ち、ちが。これは、その」

結月は慌てふためく。ニットスカートの裾をきゅっと握りながら、視線を右に左に泳がせる。唇をわなわなと震わせているのは、寒さのせいではなさそうだ。

「……どう、かしらね。どう思う？」

何とか平静を装《よそお》う結月。

彼女は握った裾をゆっくりと上げていく。

「いやいや、こんなとこでそれはまずいって」

「他に誰もいないもの。大丈夫よ」

ちら、ちら、とタイツに包まれる太ももがあらわになっていく。見ちゃいけないのに、止めなきゃいけないのに、体が言うことをきかないッ！

そしてついに、ワンピースの裾が捲《まく》られる。

「もちろん穿いているわ。さすがにそんなリスキーなことできないもの」

「だと思ったけどッ！」

まんまと結月の手のひらの上で踊らされていただけだった。

俺がショックを受けていると、楽しそうに笑う結月がスキップをするように、タタッと俺の隣にやってくる。

「もちろん、蒼《あお》くんが見たいって言うのなら、私はいつでも脱いであげるからね？」

耳元で甘く囁《ささや》かれて、俺は咄嗟に距離を取る。こういうときの反射スピードが着々と上がっている気がする。

このまま結月にペースを握られていると夜まで体力が保《も》たない。なにせ、今日は結月と陽花里、二人と一日会う約束をしているのだから。

なので、俺は話題を変えることにした。

「ところで陽花里は？　一緒に来てないのか？」

そもそも、気になっていたことである。

どういうわけか、ここにいるのは結月だけ。同じ家から同じ場所に向かうのに、わざわざバラバラに出発するとは思えないんだけど。けど実際、ここに陽花里はいない。

「いや、一緒よ。もうすぐ来ると思うわ。ちょっとトイレに行って――」

「わーわーわーっっっ‼」

結月が改札の方を振り返りながら説明してくれていたところ、突然現れた陽花里が大声で結月の言葉をかき消した。けどもうだいたい聞こえてしまった。

「ちょっと結月！　蒼の前でトイレとか言わないでよっ！」

「だって事実だし。それに、そう言わないと説明できないでしょ？」

むう、と頬を膨らます陽花里《ひかり》に結月《ゆづき》がやれやれといった調子で返す。それに対し陽花里は「そうだけどぉ」と小さな声を漏らしていた。

「そこは、お花を摘みに行ってるって誤魔化せばいいんだよ！」

ピコン、とナイスアイデアを思いついた顔で陽花里が揚々と口にした。

それもう使われすぎて隠語じゃなくなってるけどね。

到着した陽花里に視線を移す。彼女はいつものイメージと変わらないパンツスタイルだった。

オーバーサイズのゆったりめなベージュのロゴニットからは白色のシャツがはみ出ている。俺がまだ習得していない重ね着というやつだ。キュロットスカートで、陽花里も寒さ対策にしっかりとタイツで防寒している。その上から白のもこもこした上着を羽織っていて暖かそうだ。

パン屋さんがしてるような手袋をしているけど、あれってなんであんなに可愛く見えるんだろう。

俺がそんなことを考えていると、視線を感じたのか結月と戯《たわむ》れていた陽花里がこちらを向いた。

そして、丸い瞳をぱちくりと瞬《まばた》かせながらてててと駆け寄ってきた。

「なんか、じっと見られていたような気がします」

結月のときと同じ過《あやま》ちを犯してしまった。この短時間でまさか二度も同じミスをしてしまうとは思わなんだ。どうやら桐島《きりしま》蒼という生き物は珍しいものを見るとじっくり観察してしまう癖があるらしい。そういうことにしておこう。決して思春期的な思考からくるものではない。

「まあ、そのなんだ、服がね」

「あ、どうですか？　頑張っておしゃれしてみたんですけど！」

手を広げてくるりと回って見せる陽花里。背中の方を見せられても評価は変わらないんだけど。いずれにしても高得点だよ。

「うん、か……良いと思う」

「か？」

こてんと首を傾げる陽花里。

どうして俺はこう同じ失敗ばかりを繰り返してしまうんだ。自分の学習能力のなさが嫌になる。俺は誤魔化そうとゲフンゲフンと咳払《せきばら》いを何度かしておいた。

「か、なんですか？」

んー？　と右に左に揺れながら俺に視線をぶつけてくる。きょとんとしたその表情は、俺の言おうとしていたことは察していない感じがする。であれば、このまま誤魔化しきることは難しくない。

けど。

「……可愛いんじゃ、ないかな」

照れ隠しに視線を逸《そ》らすくらいはさせてほしい。

結月に言って、陽花里には言わないというのは不公平だし。

言ってから陽花里のリアクションがないなあ、と不安になって、ちらと彼女を見ると、ぽけーっと口を開けたままこっちを見ていた。そして、ハッと我に返ってそのままにいっと笑顔を浮かべる。

「ありがとうございますっ！　いっぱい悩んで良かったですっ！」

上機嫌な陽花里の隣に結月が立つ。

その表情はえらく真剣なもので、陽花里に向けて対抗心を燃やしているように見えた。

なんだ、そっちにもちゃんと言っただろ。

そんなことを思っていると。

「私と陽花里、どっちの方が可愛いかしら？」

腰に手を当て、モデルのようにポーズを決めながら結月が言う。陽花里はそれに対抗するように胸の前で両拳を握り、期待の眼差《まなざ》しをこちらに向けた。

「ここ駅前だから。恥ずかしいから」

「どちらか答えて？」

「……」

俺の言葉を聞き流し、結月がさらに答えを迫ってくる。陽花里は陽花里で無言の圧力をかけてきていた。これが双子のコンビネーションというやつか。

そもそも選べるわけないよ。

どっちも可愛いし、タイプも違うし、そこに優劣なんかないのだから。

「……どっちも可愛い。どっちも優勝」

こんなこと言っても『そんな言葉で誤魔化さないで！　ちゃんとどちらか選びなさい！』とか言われるんだろな、と思いながらもとりあえず言ってみる。

しかし。

「うふふ」

「えへへ」

二人とも嬉《うれ》しそうに笑った。

これでいいのかよ。

＊

デートをすると決めた日から、クリスマスの予定をずっと考えていた。

これまでクリスマスに人と出掛けたことはおろか、そもそも普通の日に友達と遊びに行くことすらほとんどなかった俺にとっては非常に難しい問題だった。

いろいろと考え、最初にボウリングに行くことにした。クリスマスにボウリングはどうなの、と思ったけど、行ってみると意外と人がいて驚いた。

ちなみにボウリングの経験はほとんどない。小学生のときに家族で来たくらいだ。ガチ勢ではないので、わざわざ一人で来るようなこともないし。きっとこの先も足を運ぶことはないだろうと思っていたけど、まさかその日が来るとは。それもクリスマスに。さらに言えば女子二人と。

中学のときの俺が見たら驚くだろうな。驚きのあまり倒れるかもしれない。

「二人はボウリングって来たことあるの？」

建物に入ったところで、結月と陽花里に視線を移す。

二人は顔を見合わせてから、そりゃあるよとでも言いたげに頷《うなず》いた。高校生にもなれば経験あるのが普通なのか？　陽花里はなんとなく分かるけど、結月はもしかしたらないかもと勝手に思っていた。

そんな俺の考えを察したのか、結月がじとりと半眼を向けてきた。

「蒼くん」

「はい？」

「もしかしたら、あなたは勘違いしているかもしれないけれど、私は別に運動が苦手なわけじゃないのよ？」

「え、そうなの？」

素で返してしまう。

なんとなく運動の陽花里、勉強の結月みたいなイメージがあった。

「もちろん得意なわけではないけれど、人並みには動けるわ」

「でも陽花里の方が得意だろ？」

「陽花里と比べたら、世の中の人間ほとんどが運動苦手にカテゴリされてしまうわよ」

「陽花里どんだけ得意なんだよ」

俺が言うと、陽花里はえっへんと胸を張る。結月に比べると主張が控えめな膨らみだけど、それでもふっくらと目立つ存在に俺は視線を逸らす。

「手加減はしませんからねっ」

楽しそうに言う陽花里を見て、ここを選んで良かったなと思った。結月の反応がどうだろうと不安だったけど、今のところ楽しげだし、順調に進んでいるような気がする。

「どうします？」

最初に何ゲームするか決めるらしい。

今日の予定はボウリングをしたあと、軽くご飯を食べ、最後にイルミネーションを観に行くことになっている。なので、ここで張り切りすぎても後がしんどい。

「とりあえず、二ゲームくらい？」

陽花里の質問に結月が俺の様子を見ながらそう言った。俺はそれにこくりと頷く。

延長は可能らしいので、とりあえずそれで問題ないだろう。混雑次第では追加ゲームができないこともあるらしいけど、現在の客入りを見れば恐らく問題ないだろう。

ボウリング専用シューズに履き替え、それぞれ自分のボールを選びに行く。

このボール選びから既に勝負は始まっているのかもしれないが、そんな駆け引きができるほどの力がない。大人しく自分の筋力に合ったボールを選ぶ。

「とりあえずウォーミングアップも兼ねて、一旦自由に投げましょうか！」

陽花里がそう言った。

その発言から『あとで勝負しましょうね』という意図が伝わってくる。まあ、そっちの方が盛り上がりはするんだろうけど。問題は実力差だよな。

ガコン、と陽花里が投げたボールは勢いよくピンを倒す。ストライク。

ゴロゴロ、と結月が投げたボールは数本のピンを倒す。二投目でスペア。

ガタ、と俺が投げたボールはレーンから落ちる。ガターだ。あれ、結構難しいな。

そんな感じで一ゲーム目が終わる。

結果は想像通り、陽花里の圧勝。俺と結月はトントンくらいのスコアとなった。発言のわりに結月の実力が大したことない。俺と同レベルとはどういうことだ。

その結果を踏まえて、陽花里が言う。

「それじゃあ次は勝負しますか！　もちろん普通にすればわたしが圧勝してしまうので、ハンデを与えます！　なんでもいいですよ？　何点欲しいですか？」

自信満々の表情だ。

勉強のシーンでは決して見ることのない陽花里のイキイキとした顔はまるで太陽のようだった。もう眩《まぶ》しいまである。水を得た魚とはまさにこのこと。

けどなあ、ハンデと言われても。

俺がそう思っていると結月が待ってましたと言わんばかりに前に出る。口元には笑みを浮かべていて、彼女がなにかを企《たくら》んでいることが分かった。

「それじゃあこうしましょう。陽花里《ひかり》対蒼《あお》くんと私。さっきのスコアを見ても、それでちょうどいいくらいでしょ？」

「な、に……？」

結月《ゆづき》の提案に、陽花里は目を見開いて驚いた声を漏らした。

「いいわよね？　ハンデ、なんでもいいんでしょう？」

「なんでもいいとは言ったけど、でも……」

結月からの提案に、陽花里がぐぬぬと唸《うな》る。

「せっかくの勝負だし、勝ったほうが負けたほうの言うことを何でもきく、くらいの罰ゲームはあってもいいかしら」

陽花里が言い返さない間に結月がさらに畳み掛けていく。

「こっちはチームを組むというハンデをもらっているわけだし、当然こちらが負けた場合はそれぞれ一つずつ言うことを聞くわ。拒否権はナシでいい。私たちが負けたらどんな願いにも従う」

「ちょっと、それはどうなの？」

「いいじゃない、勝てばいいんだし。勝てば陽花里をむちゃくちゃにできるのよ？　あられもない姿を見ることだって簡単にできてしまうわ」

「それはさすがに恥ずかしいよ。けどわたしが勝ったら蒼と結月にはそれをしてもらおうかな？」

「あんなこと言われてるぞ。訂正するなら今のうちだと思うんだけど」

「不要よ。私のこのボディ、恥ずべき部分なんて一つもないもの。それに、勝つし？」

結月の鋭い目つきを向けられた陽花里は、諦めたように溜息《ためいき》をつく。

「わかった、いいよ。その代わり、ほんとになんでも聞いてもらうからね？」

「もちろん。二言はないわ。ね？」

さすがに俺たちをあられもない姿にしてやろうとは陽花里も思っていないだろう。

「……分かったよ。勝てばいいわけだしな」

しぶしぶ頷く。勝ってジュースでも買ってもらえばそれで終わりだ。

「見なさい、陽花里。蒼くんってばあなたの羞恥に満ちた姿が見たくてやる気が溢《あふ》れているわよ」

「蒼のえっち」

「風評被害が過ぎるだろ」

罰ゲームが決まったところで結月と陽花里が視線を交わす。バチバチと火花が散っているように見えるのは気のせいではないだろう。それほどまでに迫力があるのだ。

かくして、ボウリング対決が始まろうとしていた。

ルールはシンプルで、陽花里のスコアと俺・結月のスコア合計で勝負する。スコアが高かった方が勝利となる。

こちらがチームを組んでいるので陽花里が不利ではないだろうか、と俺は少しこの勝負に気が引けていたのだけれど……。

「いくわ」

結月の第一投が放たれ、五ピンを倒す。二投目で二ピン倒して合計七ピン。

二投目を終えた結月がこちらに向き直り、すたすたと戻ってくる。

「まあ、こんなものね」

と、澄まし顔。

陽花里からの要望により、彼女は最後に投げることになったので次は俺の番だ。

「頑張って、蒼くん」

「ああ、うん」

ちょっと気が引けるけれど、かといって手を抜けば結月に何か言われるだろう。

ここは心を鬼にして全力で戦うことにしよう。陽花里だって、この勝負に乗ったわけだしな。そうなれば、手加減は無用。むしろ、そんなことをすればスポーツマンシップに反する。

そんなわけで俺は一ゲーム目でようやく摑《つか》んだ勘をこれでもかと披露し、見事七ピン倒す。元々の実力がド素人《しろうと》レベルなのでこれでも頑張っている方だ。

「悪くないわ」

「どうも」

パン、とハイタッチ。

これはなんのハイタッチなのだろうか、という疑問はさておき、俺と結月は隣り合って座り、陽花里の第一投を見届ける。

イスから立ち上がり、ボールを持った陽花里の横顔はいつになく真剣だった。

「……てやっ！」

陽花里の手から放たれたボールは音もなくレーンに乗り、ゴロゴロと音を立て、吸い込まれるようにピンの方へ向かっていく。まっすぐに真ん中のピンに当たったボールは、そのまま全てのピンを倒し、見事ストライクをスコアに刻む。

「……」

「……」

俺と結月は静かに刻まれたストライクのスコアを黙々と眺める。

「にしし、負けませんよ！」

そして、陽花里は不敵に笑んだ。

＊

チームを組んでいるから俺たちが有利、全力でやるのは気が引ける、などと思っていた数十分前の自分に今のスコアを見せてやりたい。

最終回を残した現在、スコアの差は一〇。勝っているのは陽花里で、結月は想定外なのかめちゃくちゃ悔しそうだった。

「ぐぬぬ」

「どうしたの結月。さっきまでの余裕がなくなってるよー？」

立場は逆転し、歯を食いしばる結月が陽花里に煽《あお》られている。あんな調子で相手を煽る陽花里の姿はなかなか見れないぞ。

「蒼くん！」

「はい」

「まだ逆転できるわよ！　諦めないで！」

「別に諦めてないです！」

まだ諦める点差ではないし、ようやくコツも摑んできた。その証拠に俺のスコアは後半になるにつれて、少しずつではあるけど伸びている。たった一回ではあるけど、スペアも取っているのだ。どや。

「なにをしてもらおうかなー？」

余裕の笑みを浮かべながら、こちらを見てくる陽花里。

「わたしが勝ったら、蒼にお姫様抱っこをしてもらおうかな？」

失敗を促すように煽ってきているようだけど、もともとの性格がいいので罰ゲームのパンチが弱い。

「多分持ち上げられない」

「そんなに重たくないよっ！」

そもそもの筋力の問題だ。顔を赤くして訴える陽花里を横目に、レーンに立つ結月に視線を移す。

「蒼くん、私が勝ったらお姫様抱っこよろしくね？」

「話が違う」

その場合、俺も勝ってるのになんで結月の願いを聞かないといけないんだ。

いい顔で言った結月は前を向き、ボールを構える。

「てりゃあああ！」

結月、気合いの一投。

思いを込めたボールは一直線に中央のピンへと向かっていた。このコースで十分なパワーがあればストライクも夢ではない。

ちらと隣の陽花里を見ると、少し焦《あせ》った表情になっている。どうやら本当に良いコースのようだ。

ガコンガコンガコン。

ピンが勢いよく飛ばされ、周りのピンも連鎖するように倒れていく。最後の一ピンがゆらゆらと揺れ、倒れるか否《いな》かの瀬戸際《せとぎわ》を行き来する。

「倒れて！」

結月が叫ぶ。

その声が届いたかのように、揺れていたピンがこてんと倒れた。そして、天井から下げられているモニターにストライクの演出が流れ始める。

「やったぁ！」

「うおーっ！」

思わず俺も立ち上がる。テンション上がって体が勝手に動いてしまった。

きゃっきゃとその場で跳ねて喜んだ結月がこちらを振り返り、てててと駆け寄ってくる。

いつもの大人びた佇《たたず》まいからは想像できない、子どものような喜び方が可愛《かわい》らしい。

パン！　と、駆け寄ってきた結月とはハイタッチを決める。

「この勢いに続いてよね、蒼くん」

「頑張るぜ」

そう言ってレーンへ向かう。

その間際、ちょっと盛り上がりすぎたかなと思い陽花里の方へ視線を向けると、彼女はむうっとしながら自分の手のひらを見つめていた。ハイタッチで露骨にテンション上げたのは、一人でプレイしている陽花里に失礼だったかな。

勝負という手前、陽花里のストライクを喜びきれないところがあったけど、そこはもうちょっとみんなで楽しむ雰囲気があっても良かったのかもしれない。反省だ。

「行くぞ！」

気合いを入れ、一投。

まあ、とはいえ。

もちろん勢いで実力が上がるなんてドラマチックなことはなく、俺はこれまで通りに七ピンくらいを倒して終わった。ここでストライク、せめてスペアくらい取るのが格好良いんだろうけど。上手《うま》くいかないな、現実って。

結局、そのあと陽花里《ひかり》がしっかりとストライクを取ってスコアを伸ばし、この勝負は陽花里の勝利で幕を閉じた。本当にすごいな。

「文句ないよね？　約束通り、二人にはわたしの言うことを聞いてもらいます！」

んふふ、と上機嫌に陽花里が言う。

さっきまでのピリピリとした雰囲気が和らいでくれて良かったと密《ひそ》かに安堵《あんど》する。

そのお詫《わ》びというわけではないけど、俺にできることなら何でもしようと思った。

「約束だからね。仕方ないわ……まさか負けるなんて。せっかくスコアも調整したのに」

結月《ゆづき》は悔しそうにぶつぶつと呟《つぶや》いていた。

まあ、あの条件なら勝てると思っても無理はない。俺だってさすがに勝てると思っていたし。陽花里恐るべしって感じだ。

「じゃあ結月はこれから三十分くらい適当に時間つぶしてて？」

「んなっ⁉」

陽花里の命令に結月が分かりやすく動揺する。声は出さなかったけど、俺も心の中でドキドキしていた。結月が時間を潰すということはつまり、俺はこのあと陽花里と二人きりになることがほぼ確定したようなものだったから。

「それで、蒼《あお》？」

「は、はい」

「蒼は黙って、わたしについてきてくれますか？」

まさか本当にお姫様抱っこをご所望じゃないですよね？

*

一時的に結月と別れ、俺はずんずんと前に進んでいく陽花里についていく。

その足取りに迷いはなく、すでに目的地が決まっていることが窺《うかが》えた。

ボウリング場のすぐ隣にはゲームセンターが併設されている。クレーンゲームが並ぶ通路を抜けると、今度は音ゲーのエリアが見えた。ガチオタクの人がカチャカチャと千手観音のように手を動かしてゲームをしている姿を横目に、陽花里に尋ねる。

「ゲームでもするのか？」

アウトドアな陽花里にインドアゲームをするイメージはあまりない。でも男女問わず、誰しもが一度くらいはゲームに触れているだろうし、別に意外とゲーム好きでもおかしくはない。友達の多い陽花里のことだ、ゲーセンに来る機会もあっただろう。

「それもいいんですけど」

そう言いながら、陽花里はあっちでもないこっちでもないとエリアの中を徘徊《はいかい》する。

そして、ようやく見つけたようで「あった!」という明るい声とともにその足を止める。

さて、なにがあったのだろうかと俺は陽花里の視線の先を確認する。確認して、思わず目のあたりを手で押さえた。

「あれ、やりましょう!」

プリクラだった。

かつてはその加工機能が評価され全国の女の子から絶大な人気を得て一斉を風靡《ふうび》し、スマホアプリで加工なんていくらでも可能となった今の時代でもどうしてか廃れることなく生存し続けるゴキブリのような生命力のコンテンツだ。

そんなことを口にしようものなら全国のプリクラ利用者全員を敵に回すことになるので、もちろんそのまま飲み込む。

「……プリクラかぁ」

実は、というかもちろん生まれてこのかたプリクラというものとは縁がなかった。プリクラ撮るようなキャラじゃないし、唯一の女友達である日比野《ひびの》はこんなものに全く興味なかったから無理もない。

「だめ、ですか？」

しゅんと、わんこのようにうなだれる陽花里。耳やら尻尾やらがあればきっとぺたんと元気を失っていることだろう。むしろそんな幻覚さえ見えてくる。

忘れてはならぬ。

この時間において、イヌはこの俺であるということを。

「いや、全然！　俺にとっては未知の場所だからちょっと臆しただけ」

何を言われても受け入れるのだ。陽花里を笑顔にするためにできる限りのことをすると決めただろ。罰ゲームという点を抜きにしても、彼女の悲しそうな顔は見たくない。

「プリクラ撮ったことないんですか？」

「男だもん。普通はないよ」

「でもクラスのみんなは撮ってますよ？」

「陽キャの普通と俺たちの普通を一緒にしちゃ失礼だよ」

男と女だけで分けられるほど人間というのは単純ではない。男の中にも様々な種類がいて、そんな無数にいる人間がこの世界で弱肉強食というルールのもと共存している。ちなみに俺は言うまでもなく弱側の人間です。

「つまり、蒼は初めてのプリクラだと」

「そうなるね」

「ふふ、初めてかぁ。蒼はプリクラどーてーか」

「ちょっと陽花里さん？　そんな言葉どこで覚えたの？」

「経験のない男の人をそう言うんですよね？　結月が言ってました。蒼はどーてーだって」

結月のやつ、あとで説教してやる。

個室の中に入ると、機械の音声が迎えてくれた。まず最初にモード選択をするらしく、友達や恋人、複数人という種類があって、陽花里が恋人を押そうとしたので俺は慌てて友達を押す。

むう、と陽花里が恨めしそうな視線を向けてきたけどこれはしょうがないでしょ。

あくまでもイメージでしかないけど、プリクラっていうのは恥ずかしいポーズをさせられるはず。恋人モードにすれば何をさせられるか想像もできない。

アナウンスに従い、数枚の写真を撮り終えるとプリクラならではの落書きタイムが始まる。

「恋人モードは次の機会にお預けですね？」

「……そうだね」

ど真ん中全力ストレートのボールの打ち方など知りもしない俺はそう言うほかなかった。

タンタンとリズムよく落書きを進める陽花里。俺は芸術的センスがなければ落書きの経験もないので、そんな陽花里をすごいと思った。しかもちゃんとそれっぽいんだよな。

「蒼も描きます？」

「いや、なにも描けずに終わりそうだから任せる」

どうしようかなと悩んでいる間に、制限時間がきてしまう未来が容易に想像できる。

そんなわけでプリクラを終える。慣れないことをしたからか、どっと疲れが押し寄せてきた。

個室を出て、アーケードゲームが並ぶエリアを歩く。

「ちょっとスマホ見せてもらっていいですか？」

「なんで？」

「どんなの使ってるのか気になって」

「なんでそんな急に」

「機種変更の参考にしようかと？　お揃《そろ》いっていいじゃないですか？」

別に普通のスマホだし、面白いことなんて一つもないと思うんだけど。まあ、見られて困るような中身でもないので、俺はスマホを陽花里に渡した。

「どうもーですー」

スマホを受け取った陽花里は、しかし画面を見ることもなくそのままスマホの裏側を見た。

こだわりも好みもない俺は平凡な透明のスマホケースを使っている。最近だとステッカーを入れたりして自分色に染めたりもするらしいけど、そういうこともしていない。

ふむふむ、となにかに納得したように頷《うなず》く陽花里は突然にこーっと笑い、俺の方を向く。

「あまり結月を待たせてもあれなんで、あと一つなにかゲームをしたら戻りましょうか」

「ああ、うん」

「ちょっと選んでもらっていいですか？」

「俺が？」

「はい。できれば二人で協力するタイプのゲームがいいですね」

そう言われてもなあ、と思いながらも、なにがいいかと物色し始める。

結局どれが面白いかなんて分からないので、鉄板どころの太鼓のゲームを提案することにした。やったことはないけど、要はリズムに合わせて太鼓を叩《たた》けばいいだけだろう。

素人《しろうと》の俺でもこれならきっとできる。

「これとかは？」

「太鼓ですか。まあ、はい」

なんか、あんまり興味なさげな様子の陽花里に俺は首を傾《かし》げる。

「いえいえ。超乗り気ですよ。いえーい！」

わざとらしくテンションを上げる陽花里。根強い人気により今なお現役のこれならみんな大好きだろうと思ったけど、そんなこともないのかな。

「あ、スマホありがとうございました」

「ああ」

コインを入れようとしたところで陽花里がスマホを返してくる。俺はそれをポケットに入れ、改めてコインを投入した。

「蒼はこれ得意なんですか？」

「いや、経験ない。けど、太鼓叩くだけだし、これなら何とかなるかなって」

「ふむふむ。つまり蒼は太鼓どーてー」

「それあんまり人前で言わないほうがいいぞ」

協力モードを選択し、二人でバチを持つ。

協力プレイというと二人で目標スコアを達成しようって感じだろうか。つまり俺がポンコツだった場合、陽花里《ひかり》がどれだけ高得点叩き出そうと失敗になる。これは責任重大だ。

曲はちょっと前に流行《はや》ったものを選択。いろんなところで流れていたので流行に疎《うと》い俺でも知っていた。難易度はノーマルにしておいた。難しくしてもできないだけだし。なら格好悪くても難易度は下げたほうがいい。

『始まるドン！』

そして音楽が流れ始める。

難易度をノーマルにしたおかげか、激しい動きは求められない。どちらかというと流れてくるアイコンをいかにタイミング良く叩けるかという部分がポイントのようだ。

タイミングがパーフェクトではないものの、コンボが続いている。これはいい感じじゃないだろうか。そう思いながら、ちらと隣の陽花里の様子を確認する。はてさて、彼女の調子はどんなものか。

「ほっ、はっ、やっ」

問題なさそうだな。などと、よそ見をしたせいでコンボが途絶える。今のは俺が悪い。

それでも、調子を崩すことなく無事最後まで叩き続けた結果、ノルマを達成した。

「……ふう」

俺は安堵《あんど》の息を漏らす。どうやら足を引っ張らずに済んだようだ。

思っていたより楽しかったな、ともう一回遊びたい気持ちに駆られている俺の肩をちょんちょんと陽花里がつつく。

「どうした？」

振り返ると、陽花里は両手を前に出して期待のこもった眼差《まなざ》しをこちらに向けていた。

ああなるほど、そういうことか。

「い、いえーい！」

「わーいっ！」

俺は待ち構える陽花里の手のひらに自分の手を合わせ、ハイタッチをした。

これがしたかったから、協力プレイのゲームが良かったのか。

＊

「結月《ゆづき》は下のカフェにいるみたいなので、行きましょうか」

この施設の一階にはカフェがあるらしい。どうやら結月はそこで時間を潰していたようで、俺たちは彼女を迎えに行くためにゲームセンターを出た。エスカレーターでそのまま下の階へ向かう。

一階にはカフェの他にもいくつかお店があった。俺たちは窓から店内の様子を覗《のぞ》き、結月の姿を捜す。

「いた？」

「いませんね」

カフェと言えるようなお店は一つだけなんだけど、その店内に結月らしき人影は見当たらなかった。奥の方にいる可能性も考慮し、店内を徘徊《はいかい》してみたけど、やはりいない。

「本当にここにいるって言ってたのか？」

「連絡したのがちょっと前なので、もしかしたらトイレとかに行ってるかも。それか、ゲームセンターの方に向かったとか」

「どういうこと？」

「さっき太鼓のゲームをする前に連絡したんです。もうすぐ終わるよって」

なるほど。そうなると、確かに結月が俺たちのところに向かっていた可能性は十分にある。道が違えば、タイミング悪く入れ違いになることも考えられるか。

「戻ってみるか」

「そうですね」

言って、俺たちはエスカレーターで再び上の階へ向かう。

陽花里は結月に電話をかけているようだったけど、少ししてかぶりを振った。

「電話にも出ないです」

ゲームセンターに到着したところで、ぐるりと中を回ってみる。

とりあえずクレーンゲームのエリアを徘徊してみたところ。

「ねえねえいいじゃん一緒に遊ぼうよ」

「絶対楽しいって。ね？　これほしいの？　取ったげよっか」

結月はいた。

いたんだけど。

「あれ、ナンパされてますよね？」

「されてるな」

ナンパされていた。

見たところお相手は俺たちより歳《とし》は上のようだ。恐らく大学生くらいだろう。比較的チャラい雰囲気で、言ってしまえばナンパとかしてそうな感じの男性二名。つまり俺が苦手なタイプ。

「一人じゃないの。これから合流するので失礼します！」

結月は拒否の意思をぶつけるが、しかし男たちは諦める様子がなく、男は「そんなこと言わないでさ」などと言って立ち去ろうとはしない。どころか結月の行く道を塞いだ。

クリスマスだというのに、男二人でナンパとは愉快なものだ。いや、クリスマスだからこそなのだろうか。ナンパする人間の気持ちは分からないな。

「ちょっと行ってくるから、陽花里はここで待ってて」

相手は歳上の男だ。陽花里も一緒に連れていけば、怖い目に遭うかもしれない。

「でも……」

「やばそうだと思ったらお店の人呼びに行ってくれ。俺が病院送りになる前に」

割って入っても聞き入れてくれない未来は容易に想像できる。歳下だし、それに加えて圧倒的陰キャオーラ全開の男だからなあ。舐《な》められて当然なんだよなあ。

「……怖くないんですか？」

率直な質問だった。

一人で行くと言った俺を、陽花里は心配してくれているのだ。他に何かプランがあるならば迷いなくそっちに乗り換えるところだけど、ここで結月を助けられるのは俺しかいない。

こうしている間にも結月は怖い思いをしているはずだ。だから、俺は端的に言う。

「怖いよ。めちゃくちゃ怖い。けど、それは動かない理由にはならないんだ」

それだけを伝えて、俺は結月のところへ向かった。

恐怖心なんて、誰もが抱くものだ。それを持たない人間なんていない。もしもそう見える人がいたとしたら、その人はよっぽど隠すのが上手《うま》いのだろう。

だからといって。

怖いからその道を避けていいのかと言われると、きっとそんなことはないのだ。

もちろん、迂回《うかい》するルートがある選択もある。そういうときはそれでいいのかもしれない。

でも、そうもいかないときだってある。

そんなとき、躊躇《ためら》う僅かな時間が勿体《もったい》ない。自分が取るべき選択は決まっているのならば、勇気を持って一歩踏み出せ。俺はそれを、父さんの背中から学んだんだ。

「あの」

躊躇う前に。

恐怖心に足を摑《つか》まれる前に。

俺は男二人に声をかけた。

「……蒼《あお》くん」

そんな俺を見て、結月が安堵の声を漏らした。安心するのはまだ早いぞ。きっとここからが大変なのだから。

「あ？　なんだお前」

男のうちの一人がメンチを切ってくる。案の定、あちらは引こうとはせずに向かってくる。ここで怯《ひる》むと相手の思うつぼなので、こちらもすぐに切り返す。

「その子の連れです。彼女、怖がってますよ。見て分からないんですか？」

「あァ？　なんだお前、ガキのくせにイキってんじゃねえぞ！」

そんなに歳変わらないじゃないですか、と思いながらも内心ガクブル震えていると、大声を上げたウニのようなチクチク頭の男が俺の胸ぐらを掴んできた。展開が早すぎる。もうちょっと駆け引きとかないかな普通。

「なんだ、震えてるじゃん。女の子の前でカッコいいとこ見せようと頑張ったのかなぁ？」

結月の隣にいるもう一人のロン毛の男が、ぷぷっと馬鹿にするように笑ってくる。

「蒼くんっ」

結月は不安げに俺の名前を呼ぶ。

大丈夫だよって、すぐ助けるからって、格好良くそう言えない自分が腹立たしかった。

「オラ、なんか言い返してみろよ。怖くて声も出せねえか？」

ああ、もう。

こういうとき、どうすればいいんだよ。どうすれば、大切な人を守れるんだよ。

「ほら、あんなダサい男は放っておいてさ。オレらと楽しいことしよーぜ？」

ロン毛の男が結月に手を伸ばす。

結月がびくりと肩を震わせる。同時に、その表情が恐怖に染まった。

俺はすうっと息を吸って、できる限りの声を張った。

「その子に、触れるなッ！」

ウニ頭の男の腕を摑む。もちろん俺程度の握力では相手を威嚇することもできない。

「お、なんだなんだヤル気か？　お前みたいなヒョロガリが喧嘩《けんか》で勝てると思ってンのか？」

喧嘩して勝てるわけないだろ。そんなこと微塵《みじん》も思ってないわ。

けど、この世の中、腕っぷしだけが全てじゃないんだ。先に手を出した方が悪いって言葉があるくらいだからな。

俺が一発二発くらいは殴られる覚悟をした、そのときだった。

「やめろや剛志《つよし》ィ」

　知らない男の声が響いた。ウニ頭でもロン毛でもない誰か。その男の制止で二人の動きはぴたりと止まる。俺の胸ぐらを摑んでいた手も力が抜けた。

　何事かと思い声のした方を見ると、大きなクマのぬいぐるみを持ったパンチパーマの男がこちらに歩いてきていた。逆方向からは若い男性店員もやってくる。恐らく、陽花里《ひかり》が呼びに行ってくれたのだろう。

　パンチパーマの男はウニ頭とロン毛の男をギロリと睨《にら》む。二人はまるで小動物のようにびくびくと震えていた。その男は強面《こわもて》で、威圧感というかオーラが半端《はんぱ》ない。

「ナンパをするのはええ。それは勝手や。けどな、それはフリーの女の子との出会いを見つけるためにやるもんや。人様の邪魔はするもんちゃうし、迷惑なんてもってのほかやぞ」

「……す、すんません」

　パンチパーマの男は俺を一瞥《いちべつ》し、再び視線を男二人に戻す。

「それも、高校生相手に粋がって。恥ずかしくないんかい」

　吐き捨てるように言ったパンチパーマの男は俺の前までやってくる。そして、努めて穏やかな表情を見せる。まだ全然怖いけど、悪い人ではないのは伝わってくる。

「怖い思いさせて悪かったな。可愛《かわい》い嬢ちゃんがおって、こいつらもテンション上がってもうたんやわ。どうか、ここは一つ許したってくれんか」

パンチパーマの男は頭を下げる。それを見て俺は目を見開いた。

「……あ、あの、もう大丈夫なんで。それに、謝るなら俺じゃなくて」

「せやな」

頭を上げたパンチパーマの男はニッと口角を上げる。

「こらお前らも謝らんかいッ！」

言われたウニ頭とロン毛が俺と結月《ゆづき》に頭を下げる。パンチパーマの男はやってきた店員さんにも謝っていた。俺たちが許したことでこの場は丸く収まる。

男二人を連れてこの場を去ろうとしたパンチパーマの男が俺の近くにやってくる。耳元まで顔を持ってきて、潜めた声で言ってくる。

「あんな可愛い嬢ちゃん、他の男を寄り付かせたらあかんで」

「……う、うす」

それだけ言って、パンチパーマの男は行ってしまった。

ああいう人たちを不良とかヤンキーという言葉で一括《ひとくく》りにしてるけど、中にはちゃんと自分の流儀を持った人もいるんだな。人は見た目によらないとはよく言ったものだ。

そんなことより、と俺は結月のところへ駆け寄る。

「ごめん。怖い思いさせちゃった」

そして、結月に謝罪する。

「ううん、平気よ。ナンパは慣れっこだもの。蒼くんこそ、大丈夫だった？」

慣れた感じで言う結月。しかし、表情はやはり強張《こわば》っていて、怖い思いをさせたのは事実だった。

「ああ、うん。まあ、なんもできなかったけど」

あはは、と笑いながら言う。

すると、次の瞬間に結月がバッと俺に抱きついてきた。突然の重みだったけど、なんとか踏ん張って倒れることだけは免《まぬが》れた。ていうか、なんだ？

「助けてくれてありがとう、嬉《うれ》しかった。それに、すごくカッコよかったわ」

甘い匂いが鼻孔をくすぐった。囁《ささや》いた声がぞわぞわと体内を巡る。重なった体から彼女の体温がダイレクトに伝わってくる。ドクンドクン、と高鳴る心臓の音はどっちのものだろう。

どうしてか、俺はそこから動けなかった。まるで彼女に体の自由を奪われてしまったようだ。

「わーっ！　わーわーっ！」

そんな俺たちの間に割って入ってきた陽花里によって、俺と結月の間に距離ができる。

「なによ、これくらいいいでしょ。私、結構怖い思いしたんだけど？」

「だからちょっとだけ許したじゃん。けど、もう終わり！」

不服そうな結月に、不満げに陽花里が返す。

「まあいいわ。ところで、蒼くんとの時間は有意義だったのかしら？」

その調子のまま、二人はばちばちと睨み合いながら続ける。こうなると手に負えないので俺は傍観を続けるしかない。気づけば安全確認を終えた店員さんも持ち場に戻っていて、この場所には俺たち三人だけが残されている。

「ま、まあね」

強がるように言った陽花里がそのあと、にいっと笑った。

「蒼との二人の思い出もできたしね。ほら！」

そう言って、陽花里がスマホを取り出しその裏側を結月に見せる。

なにがあるのかはわざわざ確認するまでもないな。話の流れからして、恐らくさっき撮ったプリクラだろう。スマホに貼ると他の人に見られるじゃん。そこんとこ、どうお考えなんですかね。

「ぷ、プリクラ⁉」

陽花里の必殺の一撃に、結月はくらくらと大ダメージを負ったように数歩後ずさった。

ふふん、と自慢げに胸を張る陽花里を、結月が悔しそうに見上げる。

「……あれ？」

そういえば、陽花里のやつ俺のスマホを……。

まさかね、と思いながら俺はポケットのスマホを取り出し、背面を確認する。

「どうしたものか」

スマホの裏にはしっかりとプリクラが貼られていた。

＊

ボウリングのあともゲームセンターで遊んだりして、外に出たときには夕方になっていた。やっぱり二人といると、時間が過ぎるのがあっという間だ。

「わ！　見てよ二人とも！　雪だよ、雪っ！」

先に外に出た陽花里がなにをはしゃいでいるのかと思えば、しんしんと雪が降っていた。

ホワイトクリスマスというやつだ。予報ではそんなこと言ってなかったはず、と言いたいところだけどよくよく考えると、出掛ける前に予報は確認していなかった。

「今日って雪降る予報だったの？」

「ええ、まあ。予報より降っているみたいだけど」

へえ、と呟《つぶや》きながら俺は空を見上げた。

ここ数年、クリスマスに雪が降った記憶はない。降れば朱夏《しゅか》がはしゃぐはずなので、この記憶は確かだ。つまり、この地域ではホワイトクリスマスは久しぶりとなる。

クリスマスに雪が降ろうが降るまいが別にどうでも良かったけど、実際にこうして目にすると悪くないもんだ。一人で見ても意味がないってことなのかな。

「もしかしたら、積もるかもね」

「かもしれないな」

地面を見ると、すでに白い雪が形を成していた。ここでやめば大丈夫だろうけど、この調子で降り続ければ結月の言うとおり、積もるかもしれない。というか、このレベルだとさすがに傘が欲しい。一粒一粒の威力はそこまでないけど、ずっと当たっていると体が冷えてしまう。

「ちょっとコンビニ行ってくる。傘買わないとさすがに辛《つら》い」

「必要ないわ」

言って、隣に立っていた結月がカバンから折り畳み傘を取り出し、バサッと開いた。

そしてこちらにドヤ顔を向ける。

「どうぞ」

「さすがに小さくない？」

「それがいいんじゃない」

「よく分かんないけど」

そう言ってくれるなら、入れてもらおうかな。というか、その選択肢しか取れなさそうだ。

「あー、ずるい！　わたしだって傘あるのに！」

「カラオケで勝ったのは私よ。陽花里は大人しく、指を咥《くわ》えて後ろからついてきなさい」

ボウリングをして、ゲームセンターで遊んで、そのあと少し時間が余ったので併設されているカラオケで時間を潰したんだけど、そこでも双子戦争が勃発したのだ。

陽花里は勝負には従順で、それ以上のことは言ってこなかった。指咥えて見てろって言われて指咥える人初めて見たな。

そんな感じで俺たちは歩き出す。

右肩に冷たさを。

左肩に温かさを感じながら。

心臓の音は緊張のせいか、いつもより少し速くなっていた。

＊

夕食はネットで調べた、ちょっといい感じでありながらお手頃価格で評判のイタリアンのお店を予約していた。ドレスコードもなく、入店してみると俺たちくらいのお客が結構いて、少し驚いた。

店内は落ち着いていて、なんというか、おしゃれな感じだった。これまでの俺ならば確実に入ることを躊躇《ためら》うようなリア充オーラ満載な場所で、何とか席についた俺だけど、借りてきた猫のように大人しかった。

料理は普通に美味《おい》しくて、これでこの値段？　大丈夫？　みたいな感じ。

ここは出そうと思ったんだけど、二人がそれを強く拒んだのでそれぞれで出すことに。

お店の外に出ると、雪はさらに強くなっていた。道の隅にはさっきより雪が積もり始めている。地面は濡《ぬ》れているせいか少し滑りやすくなっていて、気を抜くと転《こ》けてしまいそうだ。女の子二人の前ですってんころりんなんて格好悪いにも程がある。気をつけねば。

「イルミネーションってここの近くなんでしたっけ？」

　さっきまで二人はああだこうだと言い合っていたようだけど、どうやらそれも落ち着いたらしく、陽花里《ひかり》はひょこっと俺の顔を隣から見上げてくる。

「うん、そう。歩いて十分くらいかな」

　俺はスマホを取り出して場所を確認しながら頷《うなず》いた。

「そうですか。では、行きましょうか！」

「え、あ、ん？」

　陽花里が俺の隣を離れず、結月がすたすたと先に行ってしまったので俺は戸惑いの声を漏らした。てっきりまた傘を差しかけてくるのかと思ったけど、という俺の心境を察した陽花里がとんとんと俺の体を指でノックした。

「今度はわたしがエスコートしますので」

　そう言って、陽花里が自分の傘を見せてくる。なるほどそういうことかと俺は得心した。もしかしなくても、さっきの言い合いの内容はこれだろう。結月があんなにすんなりと身を引くはずないもんな。琴吹《ことぶき》家は勝負の結果には従順のようだ。

「傘、俺が持つよ」

「へ？」

陽花里の手から傘を預かると、陽花里は驚いたような、息が抜けた声を漏らした。

ぽかんとした彼女の表情にこちらも首を傾《かし》げてしまう。あれ、俺なにか間違えた？

「私のときはそんな気遣いしなかったのに。陽花里のときは急に女の子扱いするのね」

先を行っていたはずの結月《ゆづき》が戻ってきてじとり、と半眼を向けてきた。

「別にそういうわけじゃ」

「ならどうしてそんな提案を？」

「陽花里と俺だと身長差があるから、傘を持つのしんどいかなって」

並ぶと俺と結月はほとんど身長差がないのだが、陽花里は俺の肩くらいまでしか身長がない。そんな状態で傘を持つのは大変だろう。となればそう提案するのもおかしくないはずだ。

「私のときも、それくらい気を遣ってほしかったわ」

ふんす、と少しご機嫌ななめになる結月。確かにこれは俺が悪かった。慣れないことだらけで気が回らなかったのは事実だ。

「ごめん。次からは気をつけるよ」

なので素直に謝っておく。

すると結月もすぐに機嫌を直してくれて、にこりと笑んだ顔を見せてくれた。

「期待してる」

「あんまり二人の世界を楽しまないでほしいですね」

俺と結月の間に割って入ってきた陽花里が恨めしそうな声を上げる。一人を相手にすることさえ大変なのに、俺の前には二人の女の子がいる。俺の対応レベルが全然追いついてない。

両手に花って大変なんだなあ。

＊

ビルが並ぶ都会から少し歩いたところにある道にイルミネーションが施されている。

無料という条件にクリスマスというシチュエーションも相まって、その場所にはそこそこの人が集まっていた。

ここを調べているときに周辺のイルミネーションもある程度確認はしたけど、最近のはどこもめちゃくちゃ凝ってるんだよな。乗り物や動物を模したようなイルミネーションがあったりもしたけど、ここはオーソドックスに木や柱の飾りのみ。

けど、何というか、不思議なことに俺としてはこういう普通のが一番クリスマスだなという気分になる。赤や青、黄色といった色が至るところでピカピカと光っていた。

「わぁ、きれい」

「ほんと」

結月と陽花里は目をきらきらと輝かせながらそんな言葉を漏らした。

見上げれば、まるで星が咲いているように、大きな木が光を灯《とも》している。それがずらりと並んでいるのだから圧巻だ。

俺もさすがに感動して、ただただ白い息を漏らすだけだった。こうして、しっかりとイルミネーションを見るのはいつ振りだろうか。きっと小学生とかだろうな。中学に入ったくらいから、あんまり出掛けなくなったし。

俺がイルミネーションに抱いていたのは『カラフルに光ってるだけで何がいいのか分からん』というような捻《ひね》くれた考えだったけど、この景色を見るとさすがに考えを入れ替えざるを得ない。人々がわざわざ足を運ぶのも納得である。

「雪、やんだ？」

気づけば雪がやんでいた。

正確に言うとまだ少し降ってはいるけど、傘も必要ないくらいに弱まっている。

「みたいね。もう傘は必要ないかしら？」

結月が陽花里を見ながら言う。彼女はちぇーっと惜しむように唇を尖《とが》らせながら傘を閉じる。周りにいる人たちも既に傘は畳み、この景色を障害物なしに見上げていた。

「相合い傘はまた改めて、雨の日にしましょうね」

「いや、さすがに恥ずかしい」

クリスマスという空気に当てられて何となく受け入れていたけど、これは普通の何でもない日ならとてもじゃないけど耐えられそうにない。雨の日ならびしょ濡れになってでも走って帰ると思う。

「ええー」

「なんでそんなにしたがるんだよ」

「体と体の距離が近くなって、それに伴って心の距離も縮まるのよ」

いつの間にか隣に来ていた結月が、ぴたりとくっつきながらそんなことを言った。

いつもならばすぐに離れてしまう俺だけれど、今日はどうしてかこういうことさえ受け入れてしまう。クリスマスというのは不思議なものだ。もしかしたら、これも心の距離が縮まった結果なのかもしれない。

「あ、ずるいよ結月。わたしも！」

結月に負けじと陽花里も逆サイドのポジションを確保する。双子姉妹に挟まれた俺は体はもちろん、心がぽかぽかするような感覚に襲われていた。

そんな心地よい感覚に浸っていると両手をきゅっと摑《つか》まれる。温かくて柔らかい感触に、俺はすぐに手を繫《つな》がれたことに気づいた。

時間にして、多分三秒くらい。

固まった俺は手を離す。

「さすがにそれは恥ずかしい」

ちょっとハードル高いよ。

なんとも言えない恥ずかしさから俺は二人にそう訴えると、結月と陽花里は不満げな声を漏らした。

「えー」

「えー」

＊

時計の針が夜の八時を回った頃になると、イルミネーションを見上げる人の数はさらに増えていった。おしゃれなディナーを堪能《たんのう》して、そのあとにこうして光彩に包まれた道を歩こうと考える人がほとんどだったのだろう。

さすがはクリスマス。

カップルの注目をかっさらっている。この日、何よりも人の心を魅了したのは、この無数に彩《いろど》られた光たちなのかもしれない。

などと考えていた俺は目の前でイルミネーションを見上げながら話す結月と陽花里に注意を戻す。俺の視線が向いたことに気づいたからか、陽花里が笑顔を浮かべながらこんなことを訊《き》いてきた。

「蒼《あお》はクリスマスの思い出ってあります？」

「クリスマスの思い出？」

言われて唸《うな》る。友達とクリスマスパーティーとかするタイプではなかったし、家族ではしゃぐようなこともなかった。クリスマスと言われればサンタからプレゼントを貰《もら》ったことか、あるいは……。

「二人は？」

参考までに訊いてみる。

「わたしは中学のときのクラスのクリスマスパーティーですかね。めちゃくちゃ盛り上がったところで告白大会が始まったんですよ」

「なにその恐ろしい大会」

　秘密を暴露し合うのだろうか。

　めちゃくちゃ盛り上がったとしても限度があるでしょ。突然、それぞれ秘密を持ち寄って暴露し合いましょうとか言われたらテンションの温度差で風邪引くぞ。ていうか、どんな秘密が持ち寄られたんだろう。

「恐ろしくないですよー」

「どう考えても恐ろしいんだけど」

「ロマンチックでしょ。その告白大会で十組近いカップルが誕生したんですよ？」

「カップル？」

　言われて、ようやく合点《がてん》がいく。

　告白って告白のことか。そりゃそうか。よくよく考えればそれ以外にあり得ないな。告白と聞いて最初に暴露が出てくるのよくないですね。

「そういうことか……ていうか、すごいなその数」

「ですよね。あ、もちろんわたしは誰ともお付き合いはしていないので安心してくださいね」

　十組ってことはつまり二十人だろ。クラスの集まりって言ってたから、つまりそのクラスの半分以上が付き合ったということになる。残りの人が不憫《ふびん》に思えるな。

「結月は？」

結月はそうねえ、と呟《つぶや》きながら顎に手を当て、考える素振りを見せた。

「陽花里《ひかり》みたいに楽しかったってわけではなくて、衝撃すぎて今でも忘れられないっていう思い出だけど、サンタクロースが実は存在しないんだと知ったときのことは今でも鮮明に覚えているわ」

「なにがあったんだ」

サンタクロースの存在をいつ説明するかは家庭によって異なるだろう。小学生の間に明かすのがほとんどだろうけど、遅いところだとタイミングを逃して中学生になってしまう家族もあるのかもしれない。

ちなみにうちは小学生になった時点で『サンタクロースはいないよ』と母さんから聞かされたんだっけ。俺はマジかよくらいの驚きだったけど、朱夏《しゅか》は当時めちゃくちゃ驚いてたなあ。

「忘れもしない小学三年生のクリスマス。私たちは毎年、サンタさんからプレゼントを貰っていたの」

結月は当時を思い出しながら語り始める。陽花里が隣でくすくすと笑っていた。

「その年もワクワクしながら眠りについたわ。ちゃんと寝ていないとサンタさんが来ないと言われていたからね」

見られるわけにはいかないもんな。

どこの家庭もそういうふうに言われているんだな。

「その日は疲れていて、いつもより早く眠たくなったの。いつもは遊んでいたおもちゃを片付けるんだけど、その日は明日でいっかと怠惰だったのがいけなかったわ」

オチの予想はできたけど、ここまで来たので一応聞いておくことにしよう。

「私たちが寝静まった真夜中、突然悲鳴が部屋に響いた。私も陽花里も当然目を覚ましたわ。何事かと思い部屋の電気をつけると、足を押さえながら床に倒れるサンタクロースがいたの。サンタさんだと喜んだのも束《つか》の間《ま》、帽子やヒゲが取れて父の顔が現れたとき、私は全てを察した」

話していくうち、だんだんと表情が死んでいく結月《ゆづき》。当時の気持ちが蘇《よみがえ》ってきたのか。ていうか、玄馬《げんま》さんはちゃんと変装してたんだな。それでバレたのは運が悪かったと言う他ない。

「それは、まあ、大変だったな」

「その日、私は決めたの。自分の子供には、絶対にサンタさんの正体をそんな形では明かさないぞ、と」

強く決意するように、結月はぎゅっと拳を握った。それには同意なのか、陽花里も隣でうんうんと頷《うなず》いている。まあ、そういうネタバレは良くないとは俺も思うけど。

「というわけだから蒼くん、間抜けなことで気づかれないよう気をつけてね」

「あ、ずるいよ！」

結月の言葉に陽花里が反応して、二人はきゃっきゃと盛り上がる。

落ち着いたところで二人の視線は再び俺の方を向いた。

「それで、蒼くんは？」

「なにか思い出ありますか？」

二人の話を聞いてて全然自分の過去を振り返っていなかった。

改めて考えてみたけど、あまり思い出はない。家族でケーキを食べたくらいなので、エピソードとして話すほどでもない。

いや、まあ、思い出すことはあるんだけど。

「……家族でケーキ食べたってことくらいしか覚えてないかな」

ここでは言えない。

否《いな》、言うべきではない。

楽しい空気を壊すわけにはいかないから。

クリスマスのこの時期の思い出。

脳裏に蘇るのは、どうしても父親のことだった。

*

イルミネーションを堪能した俺たちはそろそろ帰ろうと話し合い、歩き始めた。

ちょうどそういうタイミングだったのか、他にもイルミネーションエリアを離れる人が結構いた。はぐれないように気をつけないとな。

「けっこう人いましたね」

陽花里がまだ見ている人たちをちらと振り返りながら呟いた。確かに想像していたよりは人が集まっていた気がする。もしかしたら、ここからさらに増える可能性もある。

「無料だし、せっかくなら見ておくかっていう人が多かったのかもね。クオリティは高かったし。せっかくのクリスマス、見ておいて損はないでしょう」

結月がそう答えた。

確かに無料というわりには高クオリティだったと思う。他のイルミネーションを見ていないので比べることはできないけど、俺としては大満足だった。

「人多いし気をつけろよ」

「はーい」

「分かってるわ」

元気に子どものような返事をしてくる陽花里と、クールな対応ながら口元には笑みを浮かべている結月。

そんな二人を見ながら、俺は改めて思う。

こんな可愛《かわい》い女の子二人とクリスマスを過ごしたんだな、と。

彼女らと一緒に過ごした一日が楽しくて、俺は考えなければならないことに、また背を向けていた。向き合うために今日という日を迎えたのに。

結月か。

陽花里か。

それとも……。

果たして、その時が来てしまったとき、俺は選ぶことができるのだろうか。

「うおッ」

考え込んでいた俺と、すぐ横を追い越していった男の人の肩がぶつかった。

密集しているわけではないが、それでもそこそこの人が列を作って歩いている中で、ぐんぐんと前に進んでいくのは少し危ないな。こういうときだからこそ、もっと周りを見るべきだ。

「二人は大丈夫か？」

結月や陽花里は大丈夫だっただろうか、と思い二人の方を見る。

「もちろ……わわっ」

俺の問いかけに、元気よく返そうとした陽花里が慌てた声を漏らした。雪のせいで滑りやすくなった地面で足を滑らせたのだ。

「ちょっ、わっ！」

隣を歩いていた結月がとっさに支えようとするが、突然のことで踏ん張りが追いつかず陽花里はそのまま尻もちをついてしまった。

「いっだッ」

非常に痛そうな声を漏らした陽花里は結月が伸ばした手に掴《つか》まり、ゆっくりと立ち上がりお尻をさする。

「……濡《ぬ》れちゃった」

「どんまいね。せっかく可愛い下着着けてきてたのに」

「ななっ、なんで知ってるの⁉」

慌てながら言う陽花里の顔は真っ赤だった。

「それも、最近新調したやつ」

「えええエスパー⁉」

「カマかけてみただけなんだけど」

「ていうか、結月だってそうなんでしょ？」

「当然よ。今日だって、このあとなにがあるか分からないじゃない。万全の準備をしてきたわ。気合い十分な紐《ひも》パンよっ！」

楽しそうに話してるけどそのやり取りはこんな場所で、しかも男子の目の前でするべきものではないな。

「……他の人の迷惑になるし、大丈夫そうなら歩こうよ」

駅までの道をゆっくりと進んでいく。

ほとんどの人が、何となく空気を読んで列のまま歩いている中、時折見かける自由な人が空気を乱す。

楽しそうに談笑しながら、周りのことは気にせずにずかずかと前に歩いていく男子二人組。

後ろの人など視界にも入っていないのか、マイペースにダラダラと歩く女子三人組。手を繋《つな》ぎながら二人だけの世界に突入しているカップル。

今日はクリスマス。

誰もが特別を求める、そんな一日だ。それももう終わりを間近に控えていて、少しでも残された時間を楽しもうと必死なようにも見えた。

仕方ない、と思う反面、他にも人がいるということは頭の片隅にでも置いててくれればなとも思う。

「蒼《あお》は今日、楽しかったですか？」

前を歩く結月と陽花里。三人並んで歩くのは邪魔だろうと思い、こうして前後に分かれている。

陽花里がこちらを振り返りながら尋ねてきたので、俺は「楽しかったよ」と即答した。

するとなぜか、二人が驚いた顔をした。俺、変なこと言ってないと思うんだけど。

「なにその顔」

素直に疑問を口にする。

「いや、素直だなと思いまして」

「それも即答だなんて。めちゃくちゃ考えると思っていたわ」

俺ってそういう印象なんだ……。

「考える必要もないくらい、楽しいと思ったんだよ」

これまで過ごしてきたクリスマスの中でも今日という一日は、どの記憶よりも楽しいものだった。こういうのも悪くない、むしろ良いとさえ思えた。そう思うことができたのは、間違いなく二人のおかげだ。

「蒼くんがこれまでになく素直ね。これはなんだか怖いわ。雪でも降るんじゃないかしら」

もう降ったんだよ。

「蒼も成長してるんだよ。ちゃんと、わたしたちの愛が伝わってるってことなのかなぁ」

そうかもな。そんなことを考えていると、俺はカバンの中にあるクリスマスプレゼントを渡していないことを思い出した。数日前に、日比野《ひびの》に協力してもらい決めたクリスマスプレゼント。喜んでもらえればいいんだけど。

とはいえ、さすがにこの人混みの中では渡せないので、もう少しあとで、落ち着いた頃に渡すとしよう。さっきのイルミネーションの場で渡すのがシチュエーション的にも最高だったのは考えるまでもない。けど本当に、すっかり忘れていた。

楽しくて。

温かくて。

愛おしい時間だったから。

「陽花里《ひかり》よりも私の愛の方が伝わっているでしょうけどね」

「いやいや、どう考えてもわたしだよ。なんたってプリクラ撮りましたから！　二人の最高の思い出を形にして残しちゃいましたからぁ！」

言いながら、陽花里がスマホを出して結月《ゆづき》に見せびらかす。それを見た結月がぐぬぬと唸《うな》る。まだやってるよこの二人。

「ねえ、蒼も見せてあげてください。わたしたちの愛の証《あかし》を！」

「どういうこと？」

「蒼もスマホにプリクラ貼ってくれてますから。おそろですから！」

「はあ？」

結月が怖い顔で俺を見てくる。

睨《にら》む、というわけではないんだろうけどその迫力は相当だった。

「いや、陽花里が勝手に貼っただけで、俺は別に」

俺が必死に言い訳を探そうとすると、結月ががくりと肩を落とす。

「貼ってるんだぁ……」

しばらくうなだれた結月が、瞳をうるうるとさせながら俺を見た。

「蒼くん？」

「な、なんでしょう？」

俺は彼女の涙目にたじろぐ。

前を歩いていた結月は少しペースを落とし、俺の隣に来て体を寄せてきた。彼女の柔らかい体が俺の体温を上昇させる。

「今度、私とも撮ってよね。プリクラ」

結月はそれだけ言うと、ぱちりとウインクをして陽花里の隣に戻っていった。

「蒼くん、私ともプリクラ撮ってくれるって」

「ええー、どういうことですか蒼！」

ふふん、とドヤ顔をする結月に言われ、陽花里が不満げにこちらを向いた。

そもそも返事してないんだけど。でも、陽花里とは撮ったのに、結月とは撮らないとは言えない。だって、俺にとって二人は……。

「しかたないだろ。陽花里も、結月も、俺にとっては大切な相手なんだ。そこに優劣とかはないんだって」

言ってから、俺はハッとする。

あまり考えないままに口にした言葉だった。

けど、だから、それはきっと俺の本音で。

二人に優劣はない。

それはつまり、俺にとっては二人とも特別で、今のところはまだどちらかを選ぶことはできないということだ。

「優劣はないんだって」

「みたいね。まあ、悪い気はしないわ」

にひ、と笑う陽花里に結月も小さく笑みを返す。そこにさっきまでの争いの雰囲気はなく、空気はどこまでも穏やかに見えた。

「二人は楽しかったか？」

そういえば、こっちからは訊《き》いてなかった。

今日一日の彼女らを見ていて、否定的な答えが返ってくるとは思えないけれど、一応ちゃんと確認しておこう。

駅が見えてきて、俺たちは横断歩道の前で足を止めた。信号が変わるまで待つことになり、俺は結月と陽花里の隣に移動する。

結月と陽花里は顔を見合わせ、そしてこちらを向いて、今日一番の笑顔を浮かべた。

「もちろんよ」

「もちろんです！」

その笑顔に偽りの色は見えなくて、それが彼女らの本心であることがしっかりと窺《うかが》えた。

「最初はどうなるかなって思ったけど、結月と三人っていうのも案外悪くなかったかな？」

「そうね。もし私だけが蒼くんと会っていたら、きっと頭の何処《どこ》かに陽花里がいただろうし。逆だったとしたら嫉妬の炎で家が燃えていたに違いないわ」

「あはは。かもね」

想像するだに恐ろしいことを、さも楽しげに話す二人。

俺と出会うずっと前から二人は一緒にいて、互いのことが大好きだったんだ。

敵対、というほどではないけれど、同じものを取り合うライバルみたいな関係になったとしても、根っこの部分は変われない。

どこまでも互いのことを想い合う、仲睦《むつ》まじい姉妹なんだな。

「ねえ蒼くん」

「ねえ、蒼」

顔を見合わせていた二人が、真剣な表情でこちらを振り返った。

そのときだった。

「おいこっちまで来いよ」

「てめえ待てこらッ！」

「うえーい！」

後ろからやけにテンションの高い男子三人組がこちらに走ってきていた。振り返って確認すると、俺たちよりも少し歳上《としうえ》。高校三年とか大学生くらいに見える人だった。

駅へと続く道。

俺たちは信号を待っていて。

その三人のうちの一人が、雪で濡《ぬ》れた道で足を滑らせバランスを崩し。

勢いよく、すぐ横にいた結月にぶつかり。

結月の踏ん張りが間に合わず、倒れそうになったところを。

陽花里が結月の腕を咄嗟《とっさ》に摑《つか》み。

けれど、勢いに負けて陽花里までもが引っ張られてしまい。

俺は慌てて陽花里に手を伸ばし。


「危ないッ」

彼女の腕を摑み。

思いっきり、力の限り、彼女らを引っ張る。

おかげで彼女らの勢いは弱まり、前の人に少しぶつかっただけで済んだ。

が。

俺は彼女らの勢いを弱めるために、思いっきり引っ張った結果、そのまま道路の方へと倒れてしまう。

幸いだったのは、びゅんびゅんと車が猛スピードで行き交っていなかったということ。

不幸だったのは。

そのタイミングでちょうど、一台の車がこちらに向かって走ってきていたことだった。

「蒼くんッ！」

「蒼ッ！」

目の前が光に包まれ。

次の瞬間、真っ暗になった。

第六話　選んだ未来は

見上げた父の背中は大きかった。

自分のことを顧みず、誰かのために何かができる父さんを格好いいと思っていたし、尊敬もしていた。

あんな大人になれればいいなと思った。

思っていた。

『ねえ、お父さんはどうして人助けをするの？　消防士だから？』

いつだったか、ふと疑問に思った俺はそんなことを父さんに訊いたことがあった。

人助けをするのは格好いいけれど、でもそれが人として変わっていると感じ始めた時期があったのだ。

人というのは第一に自分のことを考えている。自己中心的といえば聞こえは悪いかもしれないが、考えてみれば大抵の人間はそうなのだ。

それがおかしいわけじゃない。

むしろ、それが普通で。

だからこそ、自分よりも他人を優先できる父の考えに疑問を抱いた。

『どうしてそう思う?』

『消防士は人を助ける仕事だから』

詳しくは知らなかった。

ただ、イメージの中にある消防士という仕事は、火の中に飛び込んだりしていたのだ。

俺がそう言うと、父はおかしそうにガハハと笑った。

『前提が違うぞ、蒼《あお》。消防士だから人助けをするんじゃない。人の役に立ちたいから、父さんは消防士になったんだよ。人の為《ため》になにかできるなら別になんだって良かったんだ。ただ、そこに消防士という選択肢があって、俺がそれに魅力を感じたってだけだ』

その答えに、なるほどと思わされた記憶がある。けど、それは俺の質問の答えではなかった。

父さんがどうして人助けをしようと思ったのかは、結局分からないままだった。

理解に至る前に、父はこの世を去ってしまった。

人を助けて死ぬ。

父さんは最期《さいご》の最期まで、自分を貫いたのだ。

けど、それは美談なんかではなかった。残された俺たちは悲しみ、涙を流した。

『お父さんはね、人を助けたいと思ったら体が動いちゃうのよ。それは理屈じゃなくて、本能……ううん、違う。きっと、反射的な行動なんだと思うわ』

葬式のときだったと思う。

母さんは父さんの写真を眺めながら、どこまでも優しい声色でそう言った。

『はんしゃ？』

母さんの父を想う言葉に、俺と朱夏《しゅか》は首を傾《かし》げた。父さんの死の悲しみの中ということもあったけど、母さんの言葉が、そのときの俺たちには難しかった。

『そう。お父さんはね、そういう人だったの。困ってる人がいたら、無視はできない。どれだけ自分が大変でも躊躇《ためら》いなく手を伸ばしていた。そんな人だったから、私は好きになったんだけどね。私は、最期まで人の為に生きたあの人を誇りに思うわ』

そして、これは黒歴史と言う他ないんだけど、俺にはやさぐれていた時期があった。

人の為に生きた父が俺たちに残したものが、悲しみしかなかったと勘違いしていたから。

俺は、ああはならないと自分の生き方を改めたのだ。

友達を作らず。

人と関わらず。

自分のことだけを考えて。

いつしか、人との接し方さえ忘れてしまって。

そうやって生きていた。

けど。

中学一年のときだったか。

学校の帰り道、公園で泣いている女の子を見つけた。

小学校低学年くらいの子だったと思う。走って転んだのか、膝から血が出ていた。

知ったことではない。

どうだっていい。

そう思って通り過ぎた俺だったけど、俺にも妹がいたからか、小さな女の子が泣いているのは見過ごせなかった。だから俺は家に帰って救急箱を持って公園に戻った。五分くらいかかったけど、その子はまだ泣いていた。

消毒をして、絆創膏《ばんそうこう》を貼った。

それだけだったけど、手当てをしたからか、その子は泣き止《や》んだ。

『ありがとう、おにーちゃん』

そして、その子はにこりと笑ってそう言った。

その瞬間、俺の心はポカポカと温かい何かに満たされた。

そのときだった。

きっと、父さんもこんな気持ちだったんじゃないかと思ったのは。

それから、俺は再び考えを改めた。

もちろん、自分の身を投げ出してまで誰かを助けようとは思わなかったけれど、自分にできることはしようと思った。

できることを増やそうとも思った。

これまでは父の背中を追って、人助けをしていた。

それからは、人助けをすることで父の背中を追うようになった。

『危ないッ』

あのとき。

結月《ゆづき》と陽花里《ひかり》に危険が及んだとき、俺は咄嗟に手を伸ばした。

自分がどうなるとかは、考えていなかった。

その瞬間にようやく理解した。

ああ、こういうことだったのかって。

気づけば、俺にとって彼女たちはとても大切な存在になっていた。それこそ、自分の命と引き換えにしてでも守りたいと思えるほどに。

父さんにとっては、世の中の困っている人すべてがそういう存在だったというだけなんだ。

大切な人が誰だったか、というだけ。

その瞬間が眼前に訪れたとき、体は動いてしまうのだ。

理屈ではなく、本能で。


「……」

目を覚ますと見知らぬ白い天井が視界に入った。

視線だけを動かして状況を把握する。どうやらここは病院で、俺はベッドに横になっている。きょろきょろしていると、りんごを剝《む》いていた朱夏と目が合った。

暇を持て余していたのか、りんごの皮を丁寧に剝いていて、ウサギを作っていた。

お皿にはすでに二個分くらいのウサギりんごが積まれていた。そんなに食えないぞ。

朱夏はりんごを剝いていた手をぴたりと止め、ぽかんと口を開け、目を見開いた。

こういうとき、第一声はどんなものがいいんだろうかと悩むかと思ったけれど、不思議と口が開き、声が出た。

「……おはよう、朱夏」

我ながら危機感のない第一声だ。

朱夏は剝いていたりんごをお皿に置いて、そしてにこりと笑う。

「寝坊だよ、お兄ちゃん」

そう言った朱夏の頰を一粒の涙が伝った。

けれど、すぐに袖でそれを拭い、俯《うつむ》いてから小さく息を吐く。再び顔を上げたときには
いつも通りの朱夏の顔に戻っていた。

「まあ、あたしはお兄ちゃんがこの程度で死ぬとは思ってなかったけどね」

俺はゆっくりと体を動かす。

時計を見ると、日付は二十六日と表示されていた。

「けど、お母さんは大変だったよ？　もうこれでもかってくらいに取り乱しちゃって。ほんと、お父さんのことがあるのに車道に飛び出すなんて、家族泣かせにも程があるね」

言いながら、朱夏はくすくすと笑う。

それは悪いことをしたなと思う。父さんだけじゃなく、息子まで交通事故で亡《な》くしたらもう車見るだけで気絶するようなトラウマ抱えそうだ。

「母さんにはちゃんと謝っとくよ」

「謝る必要はないと思うけど。別にお兄ちゃん、悪いことしたわけじゃないんだし」

再びりんごを剝き始めた朱夏が、視線を手元に落としながら言う。

もう十分剝いたし、必要なくない？

「ごめんなさいって言うんじゃなくて、心配してくれてありがとうもう大丈夫だよって言うべきだよ。きっと」

何でもないように、朱夏はそんなことを言う。

そのとき、朱夏は「それと」と言いながら顔を上げる。りんごを剝く手はちゃんと止めていた。

「そちらのお二方にも、同じような対応よろしくね」

ちら、と朱夏は自分がいる場所とは逆サイドの方へ視線を移す。何のことを言っているのだろうか、と俺は朱夏が促したところを見てみた。

「うおッ」

そこには結月と陽花里が寝袋に包《くる》まって眠っていた。どういう状況なんだよ。

「いつ起きてもいいようにって、頑《かたく》なに帰ろうとしなかったんだ。お医者さんが特別にって」

「それで結局寝てたら意味ないような気がするけど」

そんなことを言いながらも、俺は自分の心が温かいものに満たされていくのを感じた。

二人は無事だったんだな、と胸を撫《な》で下《お》ろす。

「じゃあ、あたしは帰るから。お母さんにはあたしが言っておくね。あと、お医者さんにも」

忘れてた、と舌を出して朱夏が言う。荷物をまとめて彼女は出ていってしまった。

俺は再び、すやすやと眠る二人に視線を落とす。

結月と陽花里。

俺みたいな人間が、まさか彼女たちのような可愛《かわい》くて人気のある女の子と仲良くなるとは思いもしなかった。

目の前で人が倒れていれば、そりゃ誰だって助けようとする。その結果、助けた人の娘が二人だっただけで、そこに下心はもちろんなかった。

けど。

お礼がしたいっていうところから始まって、なんだかんだと関わるようになって、最初はちょっと避けていた俺だけど、いつの間にかその考えすら彼女たちによって変えられていた。

いつしか、俺の日常に結月と陽花里がいることは当たり前になっていて。

ちょっと前まではほとんど一人だったのにな。

俺は二人に手を伸ばす。髪に触れると、二人はくすぐったそうに表情を歪《ゆが》ませ、そして、ゆっくりと目を開いた。

「……そっか」

俺は結月だけじゃなくて、陽花里だけじゃなくて。

どちらかを選ぶことなんてできないくらいに――。

――二人のことが好きなんだ。

*

俺が退院する頃には世間は新年を迎える準備で忙《せわ》しなく、さすがにしばらくは安静にしておけと母さんに言われ、年末年始は家でダラダラすることにした。

もともと、活発に出掛けるタイプではないのでそれに関しては、ミリのストレスを覚えることもなかった。

それに、改めて向き合わなければならないこともあったから、考えるにはちょうどいい時間だったように思う。

「ちょっと外歩いてくる」

　年が明けて三日。三が日も間もなく終わりを迎えるその日の夜、桐島《きりしま》家ではリビングに集まり、別に面白いわけでもない正月番組を三人で眺めていた。

　俺が立ち上がると母さんが目を光らせる。心配をかけたので、ここ最近はいつにも増して過保護気味だ。俺が親の目を盗んで出掛けるとでも思っているのだろうか。そんな活動的なタイプじゃないだろ、あんたの息子は。

「どこ行くの？」

「コンビニ。アイス買ってくる」

　三が日どころか、年末から外に出ていないような気がして、さすがに一旦外の空気を吸っておきたい気分になったのだ。

　訊《き》いてきた朱夏《しゅか》に答えると、ふーんという声が返ってくる。

「じゃああたしスーパーカップで」

「私はそうだな、ハーゲンでよろしく」

「あ、お母さんずるい！　あたしもハーゲンがいい！」

「金はちゃんと貰《もら》えるんだろうな……」

　年末年始の母さんは機嫌が良く、アイスどころかそれ以外にも好きなものを買ってきなさいと自分の財布をぽいと渡してきた。うちの母が神すぎる。

そんなわけで徒歩五分にも満たないコンビニまでの道を歩く。

「……」

歩きながら考えるのは、もちろん結月と陽花里のことだ。

クリスマスのあの日、俺は反射的に二人を助けた。体が勝手に動いてしまった。

目を覚ましたとき、そばにいてくれた二人の顔を見て自覚した。

俺は二人のことが好きなんだ、と。

だとして、俺はこれからどうすればいいんだろう。

結月が好きだと気づいた。

陽花里が好きだと気づいた。

その気持ちに優劣はなく、二人とも同じくらい好きなのだ。

二人は俺のことを好きだと言ってくれているわけで、つまり俺がこの気持ちを伝えれば、少なからず何かしらの進展があることは間違いない。

二人のうちから、一人を選ぶことができるか？

もともと、それを目的としてクリスマスに二人と会った。その結果、俺が得たのは二人のことをさらに好きになったという事実だ。きっとこの先、二人のことを知れば知るほど、その気持ちは強くなる。

だったら……。

いや、でもそれは。

「……」

気づけば、俺は電話をかけていた。

『なに？』

三コール目で応じてくれた日比野《ひびの》はいつもと変わらない、低めのテンションだった。この感じが落ち着くんだけどな。一応、あけおめのメッセージだけは年始に送っている。それ以来だ。

「ちょっといいか？」

『よくなかったら電話に出てないよ。どしたの？』

日比野は相変わらずの調子だった。

さて、どう話したものか。

考えなしに電話をしてしまったので話す内容が全然まとまっていない。

そもそも俺は何を知りたいんだろう。

日比野に何を言ってほしいんだろう。

「……前にさ、双子姉妹の話しただろ」

『したね』

いろいろと相談に乗ってくれた、というか俺の一方的な考えを聞く壁役になってくれた日比野。どの話だよ、とは訊いてこなかった。

「二人から好きだって言われてる話をしたときにさ、両方と付き合えばいいとか言ったのを覚えてるか？」

『言ったね。そんな贅沢《ぜいたく》な話があっていいのかってところだけど』

「あれってさ、本心だったか？」

『半分は本心かな』

日比野は迷う素振りすら見せずに即答した。

「もう半分は？」

『軽口』

茶化すこともなく、でも流すこともしない。実に日比野らしい言葉だった。

「ほんとにさ、そんな選択をして許されるのかな？」

多分。

というか、まあ、絶対。

俺はその選択をするのが怖いんだと思う。

二人と付き合うという未来は理想論だ。そうなればきっと、大変かもしれないけど楽しい未来が待っている。でも、それができないのは、常識的に考えればあり得ないことだから。誰しもが当たり前のように選ぶ道ではないから。世間ではそれは悪とされているからだ。

『……桐島は誰に許されたいの？』

三秒ほど、沈黙を作った日比野はぽつりとそんなことを言ってきた。

「え？」

日比野の質問に俺は一瞬、言葉を詰まらせた。まさかそんなことを訊かれるとは思っていなかったから。

誰に許されたい、か。

『許されるのかなって言ってるけど、それは誰に許されたいのかって訊いたんだよ。双子の二人？　その両親？　それとも桐島のご家族？　まさか私じゃないだろうけど、そうじゃなければ、世間？』

「……」

漠然と口にしていた、許されるのかという言葉。

けれど、その対象が誰なのかなんて考えていなかった。

いや、もしかしたらそれは日比野が言った相手すべてなのかもしれないけれど。

『桐島が抱えている問題……というか、不安かな。それは誰に許されさえすればなくなるんだろうね。長年、人の視線なんて気にもせずに一人でいた桐島が、今さら世間の目を気にするとは思えないけど』

周りになんて思われようとどうだっていい。そう思っていたことはあった。でも今はそうじゃない。二人の隣に立っていても恥ずかしくないように、と周囲の視線は気にしている。

けど、それはやっぱり重要じゃない。

もしも俺が二人を選んで、二人がそれを受け入れて、周りから非難を浴びることになったとしても、俺自身が、彼女たちが幸せだと思っているならそれでいいと思う。周りから何を思われても、きっと大丈夫なんだ。

その選択の先にはいろんな問題があるのかもしれない。家族や友達には味方でいてほしいと思う。だから、そういう人たちに認められることは大事だけど。

それ以前に、そもそもの話。

『私から言えるのはそれだけだよ。そろそろブロッコリーが茹《ゆ》で上がるから』

「……ああ。邪魔して悪かったな」

『別に。新学期、桐島の顔を見るのが楽しみだよ』

ふふっと電話越しに日比野が笑う。

「なんで？」

『どうしようもなくだらしない顔なのか、リストラされたサラリーマンみたいに絶望に満ちた顔なのか、気になるところでしょ』

「ひどいな」

『心配しなくても、もちろん前者であることを祈ってるよ。じゃあね』

そして、ぶつりと通話は切られた。

電話を切ることに些少《さしょう》の躊躇《ためら》いもなかった。むしろ急いでいたようにさえ思う。ブロッコリーが危なかったのかね。そういうところも実に日比野らしい。

「……よし」

考えはまとまった。

自分がやらなければならないことも分かった。

だったらもう、このまま進むしかないよな。

＊

冬休みも残り三日。

相変わらず外出の許可が降りなかったので、暇を持て余すあまり、俺としては人生で初めて最終日前に宿題がすべて終わっていた。

しかし、ここでようやく母さんから外出の許可が出たので、俺は三人のグループラインにメッセージを送った。

『話したいことがあるから、三人で会いたい』

急なことだったので、実際に顔を合わせることになったのはその翌日のこと。

昼過ぎに待ち合わせて、そこから喫茶店に入り軽く世間話を交わす。どうやらずっと入院していたお母様がようやく退院したらしく、年末年始はすごく賑《にぎ》やかだったそうだ。

そして、近況報告もほどほどに俺たちは店を出る。

向かった先は琴吹《ことぶき》家の近くにある公園だった。ブランコやすべり台といったメジャーな遊具が並ぶ、どこにでもあるような普通の公園だ。時期的になのか、夕方という時間の関係か、俺たち以外に人はいなかった。好都合である。

「どうして公園？」

公園に足を踏み入れた結月《ゆづき》がこちらを振り返る。

結月はいつものようにロングスカートにブラウス。その上からコートを着てマフラーを巻いていた。長い髪を二つ括《くく》りにして下ろしていて、大人っぽい雰囲気をまとっている。

「子どもの頃、よく遊んだよね」

結月に続いた陽花里《ひかり》が、昔を懐《なつ》かしむように笑う。

陽花里はショートパンツにタイツ、ハイネックセーターの上にもこもこの上着を羽織っていた。こちらは毛先がうねうねとねじれている。パーマっていうんだろうか。ウェーブがかかっていて可愛《かわい》らしい。

夕暮れ時の公園はうっすらと暗く、日が沈み始めていることもあってひときわ肌寒い。ぱちぱちぱち、と街灯が光を灯《とも》す。

「ちゃんと話したいことがあって。静かな場所ならどこでも良かったんだけど」

まだ高校生なので車を使うことはできないし、電車で移動するほどの時間もなかった。お店の中だと人の目があるし、静かでもない。あれやこれやと考えた結果、公園という結論に至ったのだ。

「人のいない夕暮れの公園。これは絶好の告白シチュエーションね」

「だよね。わたし、なんだかどきどきしちゃうよ」

「残念でした。蒼《あお》くんの告白は私に向けられるものに決まってるわ」

「そんなの分からないよ！　わたしかもしれないでしょ？」

きゃっきゃと楽しそうに言い合う二人。

俺は結月と陽花里のこういうやり取りを、こうして眺めているのも好きだな。

そんなことを考えながら二人を見ていると、結月と陽花里がこちらを向く。優しく微笑《ほほえ》むその表情は、まるでこの後のことを予見しているようで。

「そんなんじゃないって言わないのね？」

「知り合ったばかりの頃は間髪入れずにツッコんできてたよね」

言ってから、再び笑い合う。

俺はふうと息を吐く。ここでしっかりと気持ちを伝えるために、俺は二人を呼び出したんだ。

「ちょっとだけ、昔話を聞いてもらってもいいかな」

どうやって届けよう、と考えていた。けど、そんな経験ないのでロマンチックな言葉はどれだけ考えても浮かばなかった。

「ええ」

「もちろん」

そんな俺の自信なさげな声に、二人は笑顔で頷《うなず》いてくれる。

「俺の父さんはさ、子どもを庇《かば》って車とぶつかって命を落としたんだ。なにやってるんだよって思った。家族を残して、一人で死んでいくなんてどうかしてるって。そんな父さんのことを母さんは、理屈じゃなくて本能で体が動いちゃう人なんだって言ってた。そんなこと言われても、俺は正直納得できてなかった」

俺は空を見上げた。

そこに父さんはいないけれど。

ゆったりと動く雲のもっと先を見つめた。

ちらと二人を見ると、まっすぐこちらを見て話の続きを待ってくれている。

「けど、クリスマスに二人を助けたとき、初めて母さんの言葉の意味が分かった気がしたんだ。理屈じゃないっていうのはこういうことなんだって」

ふう、と俯《うつむ》き、息を吐く。

白く色づいた息は、すぐに空気と馴染《なじ》んで消えていく。

唇が乾く。暖房も効いていない寒空の下なのに、どうしてか体が熱い。

震える拳をぎゅっと握り、再び二人を見た。

「俺は父さんみたいに正義感が強いわけじゃない。だから、見ず知らずの人の為《ため》に命をかけられるとは思えない。よっぽど大切な人じゃないと、あそこまではできなかったと思う」

一拍置いて、二人は微《かす》かに目を丸くした。

「蒼くん……」

「それって」

二人の頬が朱色に染まった気がした。

寒さのせいじゃないだろう。

いや、もしかしたらそうかもしれないけど、そうではないと俺が思いたいのかもしれない。

「命をかけてでも守りたいって思ったんだ。それくらい、いつの間にか俺は二人のことが好きになってた。いつだったか二人が俺のことを好きだと言ってくれた、これがあのときの答えだ。そして……」

結月と陽花里は驚き、目を見開いた。口元に手を当て、言葉を失っている。

海外だとどうかは知らないけど、少なくとも日本では、一人の男性に対して一人の女性が選ばれ、付き合うことが常識とされている。

だから、二股や浮気《うわき》といったものが悪とされていて。

もちろん、俺にだってそういう意識はあって、だからこそどうしても一歩踏み出せないでいた。

けど、俺は覚悟を決めた。

どちらか片方なんて選べない。それくらい二人は魅力的だ。

選ぼうとした。そのために二人のことを知ろうとした。

けど、知れば知るほど選べなくなった。

「ここからは俺の告白。俺の勝手な気持ちなんだけど。どれだけ考えても、やっぱり俺はどちらか一人を選ぶことはできなかった。それくらい二人は魅力的で、二人といる時間は俺にとって大切なものになってたんだ。だから、もし許されるなら、俺は二人と付き合いたいと思ってる」

許されるなら。

日比野《ひびの》に問われたその問題。

俺は誰に許されたいと思っていたのか。

誰に許されれば、この問題は解決するのか。

考えた。

答えは明白だった。

「……二人と」

「付き合う……」

短く呟《つぶや》いた結月と陽花里はお互いの顔を見合わせた。その表情は驚きか、困惑か、そういった感情に支配されていた。言葉なく、二人は視線を交わす。

二人が戸惑うのも無理はない。

むしろ、それが当たり前だ。俺が出した答えは、この世界においてイレギュラーなものなのだから。常識的にあり得ないような提案が飛んでくれれば、普通はそうなる。

だから、断られる可能性だって十分にある。そうなった場合のことを考えていなかったことに気づいた。どうしよう、こんなこと言って、やっぱり改めて一人を選びますなんて言えない。

というか、それでもやっぱり選べない。

「ねえ、蒼くん」

沈黙を破ったのは結月だった。

俺は彼女の顔を見る。そこには、これまでに見たことのない真剣な表情があった。

「あなたの言ったことが、どういうことか本当に分かってる？」

俺の覚悟を探るような言葉に、俺は躊躇いなく頷く。

「……そう。陽花里はなにか言うことある？」

結月は隣にいる陽花里を見る。陽花里はどこかすっきりした顔をしていた。

「ううん、わたしはないよ。だいじょうぶ」

陽花里の迷いない言葉に、結月は「そう」と言って微笑んだ。

「私たち二人を相手にするということが、どれだけ大変なことかちゃんと考えた？　きっと、すっごく面倒くさいわよ。嫉妬はするし、わがままも言う。恋人になれば、それは今よりももっと酷《ひど》くなるわよ？」

「分かってる」

俺はここでも即答する。

それはちゃんと考えた。予想を遥《はる》かに超える可能性は否《いな》めないけど、それでも考えた上での答えなのだ。

「そうなったら、ちゃんと一人ひとりを愛してくださいね。どちらか片方だけっていうのはナシですから」

「もちろん」

こくりと頷く。

それを見て、陽花里は納得するように口角を上げた。

「まあ、それはそれでいいけどね。それってつまり、蒼くんの中にある天秤《てんびん》が陽花里より私に傾いたってことでしょ？」

「そういうふうにも考えられるんだ。じゃあ、確かにそれは悪くないのかも」

陽花里は結月の考え方に、ふふっと楽しそうに笑う。

二人は笑い合ってから、こちらを見る。

すっきりしたような顔で、嬉《うれ》しそうに笑いながら。

「蒼くんはこれからも、その気持ちを大切にしてくれればいいわ。私たちはその天秤が自分の方に傾くよう、この好きっていう気持ちを全力で伝えるだけ。やることはこれまでと変わらない」

「これまでは友達として、これからは恋人として。いろんなことを経験して、楽しい思い出をいっぱい作りましょう。その先にどんな未来が待っているのかは、今はまだ分かりません。でもきっと、そこではみんなが笑顔でいられるような気がします」

それが結月と陽花里の答えだった。

まったく、どれだけ負けず嫌いなんだよと、つい笑ってしまう。

「……はは、これからどうなるんだ」

まったく見えない未知の道。

けど不思議と、真っ暗とは思えなくて。

その道を進んでいくことに迷いも恐怖も、今はもう躊躇《ためら》いさえもなかった。

「蒼くん」

「蒼！」

二人が俺の名前を呼ぶ。

俺が彼女らの方を向くと、てててとこちらに駆け寄り、それぞれが俺の隣にやってきた。

そして、耳元に顔を近づけ、悪魔の誘惑のように囁《ささや》いた。

「絶対にその気にさせるから。覚悟しててね？」

「わたしのこと、もっと好きにさせてみせますから」

俺はこの日の選択を後悔することはきっとない。

だって、ここにいる俺たちはみんな、笑っているのだから。

あとがき

はじめましての方ははじめまして。
そうでない方はこんにちは、あるいはこんばんは。
白玉《しらたま》ぜんざいです。間違えました。遊河《ゆかわ》あくあでした。

高校卒業後の進路として就職の道を選んだ私は、企業の採用面接で「これまでで一番嬉《うれ》しかったことはなんですか？」という質問をされました。堅苦しい質問の答えは用意していましたが、そんな変化球が来るとは思っていなくて固まってしまった私は、とにかく沈黙だけはするなという先生の言葉を思い出し、咄嗟《とっさ》に「自分の大好きなアニメが映画化したことです！」とその日一番の元気な声で答えました。五秒くらいその場の時間が止まったことは今でも忘れていません。
今、同じ質問をされたら、きっと私は「自分の創り上げた物語を書籍という形で世に送り出せたことです」などと答えると思います。無理もないですよね、なにせ書籍化ですから。

そんな話はさておき。

この度は『倒《たお》れた婦人《ふじん》を救《すく》ったご褒美《ほうび》は、娘《むすめ》の美人双子《びじんふたご》とのお付《つ》き合《あ》いでした。』を手にとっていただき、本当にありがとうございます。楽しんでいただけたでしょうか、楽しんでいただけたのならば嬉しい限りでございます。

私は普段、カクヨムというサイトで執筆活動をしています。この作品もそこで連載していたものなのですが、書籍化するにあたりタイトルを変更することになりました。

小説を書き始めてからは結構な時間が経《た》ちます。かれこれ十年ほどでしょうか。

最初は、執筆して新人賞に応募し、届いた評価シートを眺めてにやにやする日々でしたが、数年前からカクヨムに投稿するようになりました。それからは、届いた読者様からのコメントを眺めてにやにやする日々に変わりました。

これからもそんな感じの活動を続けていくんだろうなと思っていた折、一通のメールが届きました。書籍化の打診というやつです。

詐欺かな？ と疑いました。無理もありません。ある日突然、「宝くじが当たったよ！ 一億円だよ！」と言われたようなものですから。実際に編集の方と顔を合わせるまでは信じてなかったです。なんなら、顔合わせをしたあともずっと疑っていましたし、こうしてあとがきを書いている今でさえまだ不安です。が、あなたがこの文章を読んでいるということは本当に書籍化されたということですね。良かったです。

誰だって一度は学校がテロリストに襲撃されて、たまたま拘束されなかった自分が窮地を救うという妄想を繰り広げたことがあるのではないでしょうか？　私は学生時代、同じ妄想をしている人がいて大いに盛り上がりました。では、倒れている人の命を助けたら感謝されて人生が変わった、というような妄想をしたことはありますか？　これはないかもしれませんが、私はあります。その妄想が形を成したのが今作です。

確か、最初はヒロインが双子ではありませんでした。どうして双子のダブルヒロインにしようと思い至ったのかは覚えてませんが、双子にしようと決めたあの頃の私の判断は正しかったなと思います。更に言うと、最初は結月《ゆづき》か陽花里《ひかり》のどちらかが選ばれる予定でした。私の創作観にはヒロイン二人と結ばれる、という選択肢がなかったからです。なのに、なぜ二人と付き合う展開にしたのか、それは覚えています。書いている途中で「これどっちか選ぶの無理やわ」と思ったからでした。

人生は重要な選択肢の連続、なんて言葉をどこかで聞いたことがありますが、あのときの判断やあのときの選択が今この瞬間に繋《つな》がっているのだとしたら、自分の直感も捨てたものではないなと思えます。

そんな話もほどほどに、ここらでそろそろ謝辞を。

まずは数多《あまた》存在する作品の中から私の物語を見つけ出し、可能性を感じてくださったファンタジア文庫編集部M様。初めての書籍化ということで、右も左も前も後ろも分からない私は数え切れないご迷惑をおかけしたものかと思いますが、丁寧に最後までお付き合いいただきありがとうございました。

次に、私の生み出したキャラクターを可愛《かわい》らしく表現してくださったさなだケイスイ様。完成したイラスト、拝見するのがとても楽しみでした。お気に入りのイラストは私服の双子が描かれた口絵です。めっちゃ良きです。タペストリーとかで部屋に飾りたいです。

そのほか、ファンタジア文庫編集部の方々を始め、きっと私の知らないところで多くの方が力になってくれたのだと思います。できることなら一人ひとりに菓子折りを手に感謝の言葉を直接届けに行きたいところではありますが、厳しそうなのでこの場を借りてお伝えさせていただきます。本当にありがとうございました。

そしてそして、なによりもこの作品を応援してくれている読者の皆様にも感謝です。カクヨムでの連載を応援してくれていた方々がいたからこそ、この一冊が誕生しました。読者の皆様がいて、私達は初めて物語を届けることができるのです。

カクヨムの連載を追いつつこの本を買ってくれた方、ふらっと立ち寄った本屋で気になって手に取ってくれた方、ありがとうございます。もしかしたらまだ本屋でページを捲《めく》っているだけの人だっているかもしれません。もしあなたがそうだったなら、そのままレジに行っちゃってください、お買い上げありがとうございます。

各方面への感謝のお気持ち表明もできたところで、そろそろ終わろうと思います。

この一冊があなたのもとに届いている頃、カクヨムでの連載がどうなっているのかは分かりませんし、今後この作品がどうなるのかも今現時点では何も分かりません。一つ分かっていることは、私の強い気持ちだけでは前に進めないということです。前にも書きましたが、読者あってこその作品だからです。あなたの言葉が、気持ちが、もしかすると、今はまだ真っ暗なこの作品の未来を照らすことになるかもしれません。なので、もし面白かったと思ってくれたなら、明日学校や職場で、なんならこのあとSNSや食事の場で「これめっちゃおもろいからオススメ」と誰かに勧めてみてください。

ちなみに余談ですが、冒頭で書いた採用面接は有《あ》り難《がた》いことに採用通知をいただきました。入社式の日に同期の面々と会話をしたところ、全員が私レベルの変わり者でした。もしかすると、あの時の場を凍らせた答えが、採用の決め手だったのかもしれません。世の中、何が起こるか分かりませんね。

では。

またお会いできることを祈りつつ、そろそろ失礼したいと思います。

一巻限定ショートストーリー

ボウリングとゲームセンターを楽しんだ俺たちは、次の予定まで少し時間があったので、結月《ゆづき》の提案で併設されていたカラオケに入ることにした。クリスマス当日だからか、ドリンクバーにはカップルが数組並んでいた。どのカップルもきゃっきゃと楽しそうにしているのはいいんだけど、なぜか女の子側はみんなサンタ服を着ている。

「三人で行っても迷惑だろうし、蒼《あお》くんはここにいて？」

そう言って、俺を残し二人が受付に向かった。十人いるならともかく三人が二人になっても大差ないだろ、と思いはしたけど、ここはプードルのような忠誠心で待つことにした。どうせ行っても一言も喋《しゃべ》らず終わるだろうし。

受付のお姉さんと楽しげに話をしていた二人がこちらに戻ってくる。

「待っててくれたところ悪いけど、蒼くんはもう少しここで待っててくれる？」

「ごめんなさい。準備ができたら呼びますので」

かと思えば、それだけ言って先に部屋に行ってしまった。なに、俺めっちゃ待たされるじゃん。別にいいんだけど。

することもないのでエントランスをぼうっと眺めていると、受付にいたお姉さんと目が合った。なぜか楽しげににこりと微笑《ほほえ》まれる。不思議とただの営業スマイルとは思えないその意味深な微笑みの意図が分からないまま、待つこと十分。

スマホが震え、ようやくお呼びがかかる。どうやら準備とやらが終わったらしい。

何の待ち時間だったのかは結局分からないまま、ラインで送られてきた部屋に向かう。お化粧直しとかだろうか。よく知らんけど、そういうのってトイレでするもんじゃないのかね。だとしたら、お色直し？　手荷物は少なかったし着替えを持ち歩いているようには思えなかったけど。そもそも普通のデートにお色直しはないだろ。あるのかな？　どうなのかな。

そんなことを考えながら、到着した部屋のドアを開ける。

すると。

「「メリークリスマスっ！」」

まるで夢かと錯覚してしまうような光景が、目の前に広がっていた。

さっきまでおしゃれで可愛《かわい》らしい服を着ていたはずの二人は、どういうわけかサンタクロースの衣装に着替えていた。美少女のサンタ服なんて、全男子が拝みたい光景なのは間違いないだろう。

女の子が着ることを想定しているのかデザインは可愛らしく、見たところ生地もしっかりしているっぽい。気になるのは、ちょろっと肌色面積が多めなところだ。

サンタクロースはそんな露出度の高い服着ないぞと言ってやりたいところだけど、似合ってるので飲み込んだ。サンタ服の破壊力すげえ。

「……そんな服、どこで？」

しばらく口をパクパクさせていた俺は、ようやく言葉を絞り出す。

「ここのカラオケ、クリスマス限定でコスプレ衣装の貸し出しをしてるみたいなの」

「蒼を驚かせようと思って、サプライズを仕掛けてみました！」

つまり、受付のお姉さんのあの意味深な笑みは『可愛い女の子二人連れて、楽しいクリスマスですねえ？』みたいなことだったのか。

なるほど、と得心する未《ま》だドアの前にいる俺のもとへ、結月と陽花里《ひかり》がゆっくりと歩み寄ってくる。そして、期待のこもった上目遣いを向けてきて一言。

「どうかしら、蒼くん。陽花里よりも可愛いと思わない？」

「どうですか、蒼。結月よりも可愛いですよね？　ね？」

結月には結月の、陽花里には陽花里の良さがあり、二人の選んだ衣装はそれを遺憾なく発揮している。二人ともよく似合っているし、優劣なんてつけようがない。きらきらした瞳はどちらか片方を選ぶことを望んでいるのかもしれないけど、今の俺には答えの出せない問題だった。

「二人とも、よく似合ってるから選べないって」

どきどきと心拍数が上がった心臓を落ち着かせながら言った。

こんな答えでは納得してくれないだろうか、と思いながら二人の反応を窺《うかが》う。

「まあいいでしょう。蒼くんは喜んでくれているみたいだし、作戦は成功ね？」

「蒼ならそう言うと思ってたもんね！　喜んでもらえて嬉《うれ》しいです。せっかくなので、写真とか撮っちゃいます？」

上機嫌に笑いあってから、陽花里がスマホを手に持った。

「いや、写真はちょっと待って。心の準備とかそういうのがあるから」

カラオケに入ってから今に至るまで、ジェットコースターのような展開の速さが続いている。一旦落ち着きたくてそう言うと、結月が「そうよ。写真はまだ早いわ」と味方してくれた。

「蒼くんの衣装もあるんだから、写真はそれに着替えてからでしょ！」

「そうだった！」

言いながら、結月はトナカイを模した服を俺に見せつけてくる。

そして、二人して期待を孕《はら》んだ瞳を向けてきた。くそ、全然味方じゃなかった……。

「さあ、着替えて？」

「そのあと、一緒に写真撮りましょうね？」

トナカイのコスプレを無理やり渡され、仕方なくそれを手にした俺は二人の顔を交互に見る。めちゃくちゃ嫌なんだけど、とてもじゃないが断れる雰囲気ではない。

クリスマスの楽しい空気を壊したくないし、こういうのも着替えてみれば存外楽しいかもしれない。そうだよな、何事も経験してみなければ理解はできないもんだよ。

覚悟を決めた俺。しかし、結月も陽花里も一向に部屋から出ていく気配はない。

二人はこの部屋で着替えていたし、もちろん更衣室なんてものはないだろう。

「どこで着替えれば？」

男と女で裸の価値は違うのかもしれないけれど、俺にだって羞恥心はある。他人に誇れる肉体ならばともかく、残念ながらそういうわけではありませんので。

「……」

「……」

二人は顔を見合わせる。そして、自分たちの両手で自らの目を覆った。指と指の間を少し開いているので、しっかり目が合っているんだけど。この子たち、なんで俺の着替え覗《のぞ》こうとしてるの？

「さあ！」

「どうぞ！」

……出てってくれないかなぁ。

富士見ファンタジア文庫

倒《たお》れた婦人《ふじん》を救《すく》ったご褒美《ほうび》は、娘《むすめ》の美人双子《びじんふたご》とのお付《つ》き合《あ》いでした。

令和7年4月20日　初版発行

著者——遊河《ゆかわ》あくあ

発行者——山下直久

発　行——株式会社KADOKAWA

〒102-8177

東京都千代田区富士見2-13-3

0570-002-301（ナビダイヤル）

印刷所——株式会社暁印刷

製本所——本間製本株式会社

本書の無断複製（コピー、スキャン、デジタル化等）並びに無断複製物の譲渡および配信は、著作権法上での例外を除き禁じられています。また、本書を代行業者等の第三者に依頼して複製する行為は、たとえ個人や家庭内での利用であっても一切認められておりません。

※定価はカバーに表示してあります。

●お問い合わせ

https://www.kadokawa.co.jp/（「お問い合わせ」へお進みください）

※内容によっては、お答えできない場合があります。

※サポートは日本国内のみとさせていただきます。

※Japanese text only

ISBN978-4-04-075892-3 C0193 ◇◇◇

©Aqua Yukawa, Keisui Sanada 2025

Printed in Japan

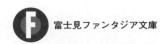

ティナ
四大公爵家のひとつ、ハワード家に生まれた公女殿下。なぜか誰でも扱える程度の魔法すら使うことができない。
変える
はじめましょう
アレン
公爵令嬢ティナの家庭教師を務めることになった青年。魔法の知識・制御にかけては他の追随を許さない圧倒的な実力の持ち主。
発売中！

公女殿下の家庭教師

Tutor of the His Imperial Highness princess

あなたの世界を魔法の授業を

STORY 「浮遊魔法をあんな簡単に使う人を初めて見ました」「簡単ですから。みんなやろうとしないだけです」 社会の基準では測れない規格外の魔法技術を持ちながらも謙虚に生きる青年アレンが、恩師の頼みで家庭教師として指導することになったのは『魔法が使えない』公女殿下ティナ。誰もが諦めた少女の可能性を見捨てないアレンが教えるのは――「僕はこう考えます。魔法は人が魔力を操っているのではなく、精霊が力を貸してくれているだけのものだと」常識を破壊する魔法授業。導きの果て、ティナに封じられた謎をアレンが解き明かすとき、世界を革命し得る教師と生徒の伝説が始まる!

シリーズ好評

ファンタジア文庫

切り拓け！キミだけの王道
ファンタジア大賞
原稿募集中！
賞金
《大賞》300万円
《金賞》50万円
《銀賞》30万円
選考委員
細音啓 「キミと僕の最後の戦場、あるいは世界が始まる聖戦」
橘公司 「デート・ア・ライブ」
羊太郎 「ロクでなし魔術講師と禁忌教典《アカシックレコード》」
ファンタジア文庫編集長
前期締切 8月末日
後期締切 2月末日
公式サイトはこちら！ https://www.fantasiataisho.com/

倒れた婦人を救ったご褒美は、
娘の美人双子との
お付き合いでした。

高嶺の花の美人双子から、
「絶対にその気にさせるからね」

「わたしのこと、好きにさせてみせますよ」
お付き合いを迫られ!?

俺にだけ見せてくれる
「ち、違うの！　暑かっただけなのっ！
それだけだからっ!!」

2人の意外な素顔
「こうすれば、わたしは緊張が収まるので。蒼にも有効かなって」

「どうかしら、蒼くん。陽花里よりも可愛いと思わない？」

「どうですか、蒼。
結月よりも
可愛いですよね？　ね？」

contents